悦读季大家小书院

尺牍丛话

郑逸梅 著

CHISO 新疆青少年出版社

图书在版编目（CIP）数据

尺牍丛话 / 郑逸梅著. —— 乌鲁木齐：新疆青少年
出版社，2024.2
（悦读季大家小书院）
ISBN 978-7-5515-6572-1

Ⅰ.①尺… Ⅱ.①郑… Ⅲ.①小品文–作品集–中国
–当代 Ⅳ.①I267.3

中国国家版本馆CIP数据核字（2024）第046026号

悦读季大家小书院

尺牍丛话
CHIDU CONGHUA

郑逸梅　著

出版发行	新疆青少年出版社有限公司	
社　　址	乌鲁木齐市北京北路29号	
电　　话	0991—6239231（编辑部）	
经　　销	各地新华书店	
印　　刷	三河市金泰源印务有限公司	
法律顾问	王冠华 18699089007	
开　　本	850mm×1168mm　1/32	
印　　张	7	
版　　次	2024年2月第1版	
印　　次	2024年5月第1次印刷	
书　　号	ISBN 978-7-5515-6572-1	
定　　价	48.00元	

新疆青少年出版社有限公司官网　http://www.qingshao.net
新疆青少年出版社有限公司天猫旗舰店　http://xjqss.tmall.com

CHISO 新疆青少年出版社

目录

写在前面

　　先祖喜爱集书札、扇箑、画幅、书法、书册、竹刻与墨锭、砚与石、稀币与铜瓷玉石等等，而收藏尺牍是先祖一生的爱好。从明代王阳明起有一万多通。许多尺牍信札别开生面且非常有趣，如：合肥李国松和李伯琦为昆弟行，是先祖的前辈。他们经常见面，伯琦告之，国松写信异常精审，稍不惬意，便废去重写，他写于某名流的信，重写的废纸一匣子。他写于先祖的书信果然工整精到，而伯琦书信极为潦草，先祖收存了两人书写风格截然不同的尺牍。其他尺牍的作者有《孽海花》主人公的原型、苏州状元洪文卿，为赛金花撰墓碑的潘毓桂，廖仲恺的长兄廖忏庵词人，代黎元洪撰四六文稿的饶汉祥，苏州光复第一任都督程德全。另有汪兆镛和汪兆铭，一个忠清，一个反清，不同道的昆仲。还有六舟、莲舟、印光、太虚、弘一、巨赞、弘伞、曼殊等佛教人士，其作者中书画家及社会名流无数，难以一一枚举。

　　本书系统介绍了与尺牍相关的知识，比如：尺牍的起源以及缘由，怎么样称呼长辈和亲友，不同的季节用什么敬语，信笺、邮筒、封套等怎样制作和使用，邮票倒贴会有什么后果，有哪些尺牍范本可供参考，民国流行哪些名人信札，名家尺牍的传承、收集、装裱和收藏，古今中外尺牍名篇的风情雅趣，等等。涉猎广泛，考订精详，老辣依旧，放笔纵横，锦绣满篇。

本书除收录《尺牍丛话》外，另附载先祖小品随笔三种。

1.《淞云小语》为寓居沪上之生活小景，劳碌感喟。如云："壁间日历，予辄于每晚临睡前预撕之，将撕未撕之顷，乃自计今日服务之成绩，为人为己料理之事凡若干。成绩而善，料理而妥，深觉不负此一日，日历毅然撕去，了不介意；若今日一无所事，消磨过去，则此一页日历，撕之良觉不忍，而缩手，而自谴，即睡亦不能安然入梦矣。"颇有催人奋进、日省吾身之意。"予谓南人失之柔，不可不睹黄河之奔流；北人失之亢，不可不见吴山之秀美。"而"予初以为砚匣当以紫檀、花梨等木为之，则自饶古泽；不意顷阅《砚林拾遗》，谓紫檀、花梨之类香燥不养砚，反不若退光漆木匣为佳"，则尚不知几人能得此心传也。

2.《养晦小识》多为诗歌词章楹联之掌故。如追怀鉴湖女侠录醉歌有"一首遗诗万般恨，秋风团扇忍重摩"句；张叔未行书联"何以至今心愈小，只缘已往事皆非"。因诵《老残游记》，而忆娄江"隆冬之际，天奇寒，汤汤流水，结为玄冰，厚尺许，舟楫被封，不能往来。于是舟子以巨槌凿之，冲冲之声，不绝于耳，然亦随击随冻"。其时未及百年，物候变化，世事冷暖，似同昨日。

3.《绵渺小记》有云："松花江白鱼，清炖之余，其嫩无比，佐酒下饭，莫不相宜，胜于松江四鳃鲈多多。则不但长公可笑，即感秋风起之张翰，亦徒见其不知味耳"，其古今之知见不同也。林琴南好散财济世，"我自与君同冷暖，赠袍宁为范睢寒"；善绘事且系之以诗，"世界已无清白望，山人写雪自家看"，愤世嫉俗之意气跃然纸上。

近几年，先祖的各类书籍不断出版问世，深得读者的喜爱，也是晚辈继续努力的方向与动力！

丁酉元宵多丽居主郑有慧

尺牍丛话

（一）

尺牍二字始见于汉书

尺牍二字见于《汉书·陈遵传》云："与人尺牍，主皆藏去以为荣。"盖古时书函长约一尺，故名尺牍。因此或名尺翰，《陈书·蔡景历传》云："尺翰驰而聊城下。"或名尺书，骆宾王诗："雁门迢递尺书稀。"或名尺素，《文选·饮马长城窟》云："客从远方来，遗我双鲤鱼；呼儿烹鲤鱼，中有尺素书。"又陆机《文赋》云："函绵邈于尺素。"可知昔贤之好尚，不若近今之竞趋短小精悍，徒有尺牍之名，而无尺牍之实也。

尺牍同赤牍

尺字古通赤。前辈金鹤望先生，尺牍常书作赤牍。

薛涛笺洪儿纸

书札之精者，辄用薛涛笺。按薛涛为唐之名妓，本长安良家女，随父宦蜀，流落蜀中，遂入乐籍。暮年居浣花溪，好制松花小笺，时号薛涛笺。犹之姜洪儿所制者，即名洪儿纸也。闻有一笑话，某学究以薛涛笺、洪儿纸之取人名为笺纸之名也，乃恍然有悟曰，由此可知白圭纸为战国白圭之遗制，有光纸为明归有光之所创造也。聆者为之匿笑。

薛涛笺花式

薛涛笺不仅松花一种，尚有其他花式。元费著《蜀笺谱》云："涛侨止百花潭，躬撰深红小彩笺，裁书供吟，献酬贤杰，时人谓之薛涛笺。"

谢公十样蛮笺

古笺之可喜者，尚有十样蛮笺，为一姓谢者所制，因名谢公笺。所谓十样者，十色也。有深红、粉红、杏红、明黄、深青、浅青、深绿、浅绿、铜绿、浅云诸色，特名称不及美人手泽之薛涛笺昭著耳。

文牍课检之法

曩时海上某大书馆，以各地通函甚多，乃设文牍课检处，聘名士汪颂阁主其事。计一年，获九万余件，亦云夥矣。其课检之法，编姓分册，以元亨利贞四字，分别其名之首笔，以画始者属元，以点始者属亨，以撇始者为利，以直始者属贞，殊井井有条也。

袁海观书法

袁海观书法，气局开展，在苏、米之间，随意作札，亦皆精纯可爱。既卒，高聋公检之，制成一巨册，题一诗于其上云："读书无用将成丐，上帅怜才不论官。留有数行遗迹在，恩波涌出墨光寒。"盖海观官苏松太道，属吏之能书画者，待遇特异，尤深契于高聋公，脱略形迹，不以僚属相待。毋怪聋公检其遗札，有一时知遇之感也。

忽忽与勿勿

书札之尾，往往有忽忽不尽等语。按忽字古通勿字，忽忽亦可作勿勿。杨升庵云："《说文》之解勿字，为忽遽之称。"不知者睹之，骇以为别字，徒见其学之不博耳。

淡红笺示敬

前清习俗，翰林院中人与前辈书札，辄用淡红罗纹笺，否则以不敬目之。

柳亚子等不识己书

作书以正楷为最当。然正楷太觉费时，则以行书出之。至于草书动辄舛误，尤非妥善之道。然行书亦有过于草率，使人不能认识者。诗人柳亚子作行书，往往以意为之，人不之识。或有将其简牍，逐字剪开，寄还亚子，使其自行辨认者。亚子因字句不贯串，殊难望文生义，亦不自识，朋好传为笑谈。又徐仲可词人，作行书类似亚子，其所著《呻余放言》

有云："作札以行书，人所同也。而夏剑丞每谓珂之行书，不易认识，审视再三，殊费揣测。以此推之，若读君日五千字之书，恐更费事，他日流传，当作阁帖释文矣。珂曰：不敢当，不敢当，信手涂鸦，殊不成字；春蚓秋蛇，宜供人之嗤鄙耳。"剑丞而外，冯君木亦作是言，谓"得君书而须作答者，当令来伻作半日之伫待，将来书息心静气，上下揣度，乃得之耳"。又曰："在沪有两畏，一畏兵乱，二畏君以长书被我，来伻候复，急切之下，愈觉读不明白，仿佛岁科考不许给烛，天色已晚，而学差在旁催促缴卷时也。"按珂为仲可之名。又仲可以钱经宇札示君木，君木曰："其字之难识，与吾子正同，可谓二难并也。"

换鹅帖换羊书

相传宋姚麟喜东坡简，人得以献，辄将羊肉数斤为报，山谷因戏谓右军为换鹅帖，今为换羊书矣。

米南宫作书拜礼

米南宫为人最真率，书牍作某某拜，必先敬拜礼，以示言行相符，人笑之，不顾也。

馈食换刘墉谢书

清刘文清公墉，书名闻海内。某羡其书甚，常馈以食物，每馈刘必肃书谢之。为日既久，积刘札凡数十通，装成巨册，一时称为佳品。

陈蝶仙周瘦鹃恶洋笺钢笔书

前辈陈蝶仙先生，生平最恶洋笺及钢笔书，凡以钢笔书洋笺邮之者，概不拆阅。朋友为之同化。周瘦鹃喜用紫罗兰墨水作札，经先生一劝，亦改用毛笔矣。其维护国粹有如此。

书札友声

张超观显贵而不废雅道。尝收集当代名人往还之书札，颜之曰"友声"，以寓嘤鸣求友之意，此中定必大有可观。超观死，今不知所谓友声者，尚存与否？予获超观遗札一，什袭而藏之。宝人之札，人亦宝其札，殆亦理之常欤！

爽秋遗札

同学袁君云舫，为爽秋后人。集得爽秋遗札数十通，编次付诸装池，并绘遗像于其端，视为瑰宝也。

公周捉刀

画家赵云壑先生，为吴缶老入室弟子，珍视缶老遗墨。尝购得缶老致海虞沈公周书札数十通，什九皆请公周代撰画题，可知缶老晚年作画、题诗均由公周捉刀。公周初亦秘之，奈迭经丧乱，遂散失于人手，云壑乃辗转得之耳。

鹤语遗札

郑大鹤生前殊潦倒，局居吴中，所作丹青，辄托沪上白袈道人代为出售。道人积其遗札，装册存之，颜之曰"鹤语"，有叶哭厂、叶誉虎等题。

明信片无启

信封上往往作某某大启，所谓启者，开拆其封也。然世俗不察，于明信片端，亦作手启、大启字样。明信片无所开拆，启云何哉。

（二）

自制邮筒反叠信封

徐仲可《闻见日抄》云："周栎园尝辑并世名人书札，为《赖古堂尺牍新钞》，不附于戚友也。夏剑丞所辑曰《故手馨香》，则皆知旧下世者之书札。"又《呻余放言》云："珂雅好制笺，生平又主张妇女之宜素足，尝以濯足万里流诗意写浣足溪女为笺及邮筒，见者辄莞尔，谓珂固持平民主义也。此外尚有多种，有以姓名字渍为鸟竹石者，有以姓名字渍为树鸟舟屋者。然自制邮筒，偶或缺乏，则以亲知见贻者反叠之。

有所撰述，不反叠而为起草之用。夏剑丞曰，沈子培尚书亦若是。珂乃告以反叠以为邮筒，吾杭丁松生丈先我为之矣。知废物利用者，固尚有人在也。"按邮筒，信封也。唐贯休诗："尺书裁罢寄邮筒。"反叠信封，蒋竹庄丈亦常为之。又亡师胡介生先生致予书，十九皆反叠信封。前辈尚俭，于此可见也。

公牍曰札

我人以短简为札，考之于古，上级官吏行知下级官吏之公牍曰札。

明人短札专集

晚明人征集名流短札，刊为专书，有《如面谭》《写心集》，类皆典雅风华，言简意尽，非有清《秋水轩尺牍》《雪鸿轩尺牍》所可及。

古人不作寒暄书

谢肇淛《五杂俎》有论书一则，颇有见地，录之如下云："古人不作寒暄书，其有关系时政及彼己情事，然后为书以通之，盖自是一篇文字，非信手苟作者。如乐毅复燕昭王，杨恽报孙会宗，太史公复任少卿，李陵与苏中郎，千载之下，读其言，反复其意，未尝不为之潸然出涕者，传之不朽，良有以也。

下此鲁连之射聊城，已坠纵横之咳唾；邹阳之上狱书，不过幽愤之哀词，君子犹无取焉，况其他乎。自晋以还，始尚小牍，然不过代将命之词，叙往复之事耳。言既不文，事无可记，而或以高贤见赏，或以书翰为珍，非故传之也。今人连篇累牍，半是颂德之谀言；尺纸八行，无非温清之俚语。而灾之梨枣，欲以传后，其不知耻也亦甚矣。"

谢玉岑札精雅

毗陵谢玉岑作札殊精雅。予与玉岑函札往还不下十余通，然当时不之重视，阅后辄弃之。及玉岑捐馆，予并一札而不可得，引为憾事。后蒙大可词人以玉岑书见惠，乃留存之，永为纪念矣。

费龙丁遗札

费龙丁死于此次事变中，费生前与画家王念慈友善，念慈纪念亡友，检得费之遗札计数十通，成一巨帙，蒙见示，笔墨古逸，为之爱不忍释。

《昭代名人尺牍》

故文学家许指严，尝为商务印书馆辑成《昭代名人尺牍》，注释甚详，稿搁置涵芬楼，未即排印，于"一·二八"之际，毁于兵燹中，知者惜之。

冬心梅花轴易名札

于四欧堂见冬心梅花轴。名流题识，遍于缣幅，而冬心语尤绝隽艳："玉楼人口脂与画眉螺黛，写此小幅，觉春光撩乱在几案间，老子兴复不浅也。"闻四欧堂主人言，此画本为潘文勤公家物，其后人博山搜罗明清人手札，都一千余通，主人亦有名札若干，乃悉数归诸博山，俾得蔚为大观。博山欣感之余，遂以金冬心画为报答云。

朱鸳雏与妇笺

亡友朱鸳雏，笃于伉俪，其所刊余墨中，附有与妇笺十七通。笺末识语云："二年中愚夫妇往还书札，可百五十通，凡未黏成帙者，不在箧衍，故未能全录。若就是诠释，须十万言不尽。愚夫妇不德，然于改革婚制，及男女爱好，自谓不越法度，即此往还文字，无不可示人处，他日当印成专书，以视信我者。七月二日立秋朱玺赘笔于雪藕冰瓜之侧。"奈鸳雏不寿，其夫人蟾仙亦未几下世，所谓印成专书，未能见于事实，想鸳雏夫妇有知，定必饮恨九泉矣。

柳诒徵搜罗手札

南京龙蟠里国学图书馆，由柳诒徵主持，搜罗先贤文献，不遗余力。所收曾涤生、陶澍、莫友芝、王湘绮、杨惺吾、廖寿丰、古隆贤等手札，均摄影悬诸招待室。一自事变发生，所有付诸劫灰，惜哉。

王伯谷情书胜拿破仑

予最爱诵明王伯谷与马湘兰书，如云："二十七日发秦淮，残月在马首，思君尚未离巫峡也。夜宿长巷，闻雨声，且起不休。舆夫泥没骭，良苦。见道旁雨中花，仿佛湘娥面上啼痕耳。"作至情语，令人玩味不止。彼西方怪杰拿破仑与约瑟芬书，乌能望其项背。

红色易漫漶

笺纸最古雅者，厥维水印，若红色之行条，一经装潢，辄漫漶不可收拾，致一片模糊，殊不雅观，作书者不可不知。

（三）

跪拜改鞠躬

民国肇造，一律平等，废除拜跪礼，于是书札，具名某某拜者，改为某某鞠躬，或某某立正脱帽。实则平衡曰拜，见《荀子》，谓拜手也，盖先以两手下拱至地，乃以头顿至手，不必及地，与拜跪不同。故书札上之拜字，不妨仍旧，毋须更变也。

台鉴之台

书札上往往用台鉴、台安等字样。盖台作三台解，三台，星名，古以比三公，所以尊人也，用者不可不知。

函丈

致书师长，辄称函丈。礼云："席间函丈。"苏轼诗："老守厌簿书，先生罢函丈。"函丈，讲席也。函，容也，讲问宜相对容丈，足以指画也。

和南合十顶礼

僧人合掌作礼曰和南，见《翻译名义集》。故僧人作书，具名下可作和南。一作合十。十，十指也。曼殊上人致刘三书，辄作博经合十。博经，曼殊别署。又作曼殊顶礼，又作曼殊娑禅里，则殊僻。

妆次芳鉴

致书女子，称曰妆次，或芳鉴。妆也芳也，俱指粉泽脂饰而言。新女子不甘为男子玩物，妆与芳两字，似非示敬之道，宜间革之。

合计四位大人

相传有一笑话，某钱肆学徒，惯见核账有合计几百几十元等名目。一日作家禀，乃亦随笔出之，"祖父、祖母、父亲、母亲合计四位大人尊前"，见者无不捧腹。

明片手片

封套曰函，信一封曰一函。今有称人明片曰手函者，实非。明片可称手片，或称片云。

尺素鱼肠寸心雁足

古乐府："客从远方来，遗我双鲤鱼；呼儿烹鲤鱼，中有尺素书。"李商隐诗注："唐人寄书，常以尺素结成双鲤之形，故沿称书札曰鲤。"然鄙见以为恐不尽然。古无寄书邮，不得已，存希冀于万一，作书于帛，帛塞于鱼腹中，俾下游而得入人手，遂寓目焉。此与雁足同一渺茫。雁足见《汉书》："苏武使匈奴不屈，徙居北海上牧羝。后匈奴与汉和亲，汉求武等，匈奴诡言武死。常惠教汉使者谓单于，言天子射上林中，得雁，足有系帛书，言武等在某泽中。使者如惠言让单于，单于惊谢。"又王僧孺诗："尺素在鱼肠，寸心凭雁足。"二者乃连类及之。

李陵答苏武书真迹

李陵答苏武书，文情感愤壮烈，几于动风雨而泣鬼神，而其写景有云："胡地玄冰，边士惨裂，但闻悲风萧条之声。

凉秋九月，塞外草衰，夜不能寐。侧耳远听，胡笳互动，牧马悲鸣，吟啸成群，边声四起，晨坐听之，不觉泪下。"尤属真切不移。苏子瞻谓为齐梁小儿为之，盖疑李陵武夫，决不能作此佳札也。闻人从德国返国，竟谓彼邦图书馆中，藏有李陵答苏武书真迹，字劣句鄙，与我人所传诵者不同，则长公不谓无识。

足下来历

今人致友书翰称足下，其来历见于东方朔《琐语》："介之推抱树而死，晋侯抚木哀叹，遂以为屦。每怀从亡之功，辄抚视其屦，曰悲乎足下。"又战国时多以足下称人主，如苏代遗燕昭王书，乐毅报燕惠王书，苏厉与赵惠文王书，皆称足下是也。

閤下阁下

《因语录》："古者三公开閤，郡守比古之侯伯，亦有閤，故世俗书题有閤下之称。"今书作阁下，即閤下也。言閤下者，不敢直斥其名，因卑达尊之意。本施之尊贵者，后世滥用之耳。或云："阁为藏书之所，如汉有天禄阁，石渠阁。所谓阁下者，犹言致书于尊所藏书阁之下也。"

刘一丈其人

宗臣《报刘一丈书》，摹写当时脚靴手版者流，丑形恶态，可谓尽致，胜读一部《官场现形记》。刘一丈初不知为何许人，兹阅饭牛翁《天问阁杂俎》，始知一丈为刘苦墨，湖北人，号心僧，晚年自署苦墨居士，文武全才也。舞剑浑脱浏亮，举石狮如弄泥狗，少年挽八石弓，杀贼卫乡里，平生足迹半天下。所见名山大川，一一皆寓诸诗画，笔致清远，无些子尘俗气。兼精于篆刻，听鼓吴门，不事权贵。宗臣报刘一丈书，苦墨即一丈老翁也。

徐世昌骈文典丽

前清官僚，岁时令节，必须书候上峰。其书往往骈四俪六出之，徒求形式，不尚实际，故内容往往空无所有，成为虚文，殊可笑也。然此等书札，别有风格，却非擅于此道者不办。予藏有徐菊人致其前辈秦佩荸书一通，作工小楷，一笔不苟，措词极典丽风华，录之于下，以见一斑："佩荸老前辈大人阁下：边角吹寒，景元戎之旄钺；岁符史纪，衪远塞之悃忱。祗维勋福益隆，缋祂著懋，缅维光宇，弥切钦迟。侍忝守辽圻，尘劳如昔，懔兹职任，敢懈黾皇。差幸民气敉平，外交顺适，匪踪敛迹。稽事有秋，冀岁鸠拙之庸，庶答驹驰之迅。漫言明效，期尽力以经营；尚望良规，敉随时之攻错。肃修布候，敬请勋安，诸唯伟照。馆侍生徐世昌顿首。"

不具不备不宣不一

书札结尾多用不具等语，古时作不宣备，《浩然斋视听钞》今人札云："不宣备，本文选杨修答临淄侯笺，末曰，造次不能宣备。"《香祖笔记》引《东轩笔录》宋人书问："尊与卑曰不具，以卑上尊曰不备，朋友交驰曰不宣。"《脚气集》："王右军帖，多结写不具，草书似不一一。蔡君谟并写不一一，亦不失理。"今人书札，则于不宣、不备、不具、不一等，随意摭用。

付丙丙丁火日

书信防入他人之目，则于结尾可写阅后请火之，盖付之祖龙一炬也。或云阅后请付丙丁，或简写付丙、丙丁、火日也。《吕氏春秋》："孟夏之月，其日丙丁。"

壶安壸安

致医生函，末称壶安，颂其悬壶之安好也。致女子函末称壸安，壸，闺阃也。荀勖诗："内训隆壸闱。"相差甚微，其用则判如也。

祺祥吉语

祺，吉也，祥也。《诗》："寿考维祺。"安泰也。《荀子》："俨然壮然祺然。"故书札中常用之，如春祺、夏祺、秋祺、冬祺、文祺、时祺等等。

殷洪乔不为致书邮

《晋书·殷浩传》："父羡，字洪乔，为豫章太守，都下人士。因其致书者百余函，行次石头，皆投之水中，曰沈者自沈，浮者自浮，殷洪乔不为致书邮。"古时设备不全，故有此举，今则邮局林立，朝发夕至，可傲古人矣。

革命文献《悲秋集》

蒙谢翔君见贻《白门悲秋集》，是书为革命烈士周实丹所辑。实丹等处于清朝专制淫威之下，拜谒明陵，付诸咏叹。封面上实丹亲笔题识，盖以赠送友人者，予殊宝之。顷又荷高吹万丈惠予实丹亲笔手札，有云："顷与人菊辈议将公等及此间数人近著，辑为一编，出资付梓，特以商之于公。如赞成，乞速答，并将白门诸什，一一见告，不胜翘企之至。"相得益彰，因将是札黏存于《悲秋集》中，亦他日之革命文献也。

（四）

八行书笺

笺纸大都每页八行，故名八行书，《后汉书》："窦融玄孙章，与马融、崔瑗同好。融与章书，书唯一纸，纸八行。"

因此旧例作书，必以八行为度，增损字句，殊不自由也。

惯迟作答印

某君疏懒成性，朋好贻书，往往三四通只覆其一，遂镌一章钤于书札上："惯迟作答爱书来。"具见风趣。

竹报

家书称竹报，见《酉阳杂俎》："北都惟童子寺有竹一窠，才长数尺。相传其寺纲维，每日报竹平安。"

古人寄书不易

古人深苦寄书不易，可于咏叹中见之，如岑参《逢入京使》云："故园东望路漫漫，双袖龙钟泪不干。马上相逢无纸笔，凭君传语报平安。"张籍《秋思》云："洛阳城里见秋风，欲作家书意万重。复恐匆匆说不尽，行人临发又开封。"

烽火家书

杜工部处于乱离之世，遂有"烽火连三月，家书抵万金"之什。今之避难流徙者，骨肉分离，音信久杳，诵之深表同情。

火急

信之急要者，辄加火急二字，盖言如火之急也。《北史·

齐武帝纪》："帝特爱非时之物，取求火急，皆须朝征夕办。"

名人尺牍刻本

名人尺牍，刻本流行于坊间者，据予所知，有萧统之《锦带书》，卢象昇之《卢忠肃公书牍》，苏东坡、黄山谷之《苏黄尺牍》，尹会一之《健余先生尺牍》，颜光敏之《颜氏家藏尺牍》，袁子才之《小仓山房尺牍》，俞樾之《曲园书札》，韩昌黎之《韩文公书牍》，左宗棠之《左文襄公书牍》，他如吴挚甫、钱牧斋、顾亭林、吴谷人、杨芳灿、王眉叔、刘芙初、李申耆、陈其年、恽子居、张廉卿、张文虎、洪亮吉、朱鼎甫、管异之、梅伯言、侯朝宗、归震川、方望溪、王阳明、尤西堂、梁任公、樊樊山、王益吾、姚惜抱、王壬秋、王弢园、章太炎，皆有单本。又《尺牍辞书》曰:《书叙指南》，宋任广编次，收入《墨海珠丛》《惜阴丛书》中。

玉峰胡余二先生遗墨

胡石予、余天遂二先生，予皆沐其教泽，通讯甚多。二先生后归道山，予痛悼之余，检拾遗书，凡数十通，付诸装池，成为一巨册。蒋士吟秋为予题署曰："玉峰胡余二先生遗墨"，珍藏之有似拱璧焉。

《半兰旧庐杂著》

检石予师《半兰旧庐杂著》，有数札，短隽可喜，录之于下。寄迪元吴江云："昨夜梦足下。相处四五年，不觉其久，别三日便尔。甚矣！足下之劳我思也。"又云："南廊残菊数盆，曝久干矣。剪其瓣，沸水泡之，香气清越，微苦。泡两三次，色淡而甘，饮之历许久，齿舌间尚留余味，惜足下不来同此耳。"又云："二十五日书到否？自足下之去，河又冰，邮船又阻，今再寄一诗，未知何日得达也，鸭谈园久绝芳躅，不念诸葛子瑜寂寞耶？"又云："读君书如披《南郊行旅图》，想落日河干，虹桥十丈，古木数株，寒鸦有声，蹇驴得得。锦囊佳句，收拾当不少耶。茅店酒家，曾觅得一二佳处否？"又云："四乡之游，令人生羡，太平洋旧什，时复赓歌否？枕畔钟声，不再破君清梦，得毋曰此间乐不思蜀耶？"又云："自君去此，得诗仅三首，其二即寄君者。霜叶满阶，扫护兰根，用以自遣耳。"似不食人间烟火，洵佳品也。迪元魏姓，湘人，曩任吴中草桥中学书记，工诗，常与石予师唱酬，甚相得也。

白袭道人诗什

白袭道人致予札，喜用其自制之明信片。印有风景铜图，并附诗什。《入晋即事》云："武灵胡服几英雄，消尽清谈麈尾中。民俗只应还太古，千年犹有穴居风。旗鼓当年出井陉，岩阿寂寞起纶音。无形战胜君知否，一寸河山一寸金。地宝深储无尽藏，穷黎犹苦宿无粮。拥金巨万浑闲事，困手他人任主张。滚滚尘沙阻客程，马瘏仆痡日西倾。村歌处处留寒月，一片伊凉变征声。"又《梦登秋心楼得第四句醒后足成之》云："万方多难日，湖上一登楼。散雨已成霞，秋心合铸愁。茫茫是前路，浩浩此横流。一棹斜阳里，渔歌起暮鸥。"

周亮工《尺牍新钞》

《尺牍新钞》十二卷，祥符周栎园侍郎亮工所辑。明季及清初名人笺启，皆悉采入。篇首全录《文心雕龙·书记篇》以为序，颇为别致。

梁章钜《退庵随笔》

尝见梁章钜《退庵随笔》，有述及尺牍者，爰摘录之如下云："今人与人往来书函，以署名为敬，称字为简，是也，然在古人却不甚拘。古人凡相与言，及书帖诗文中，多自称其字，不定称名。顾亭林《日知录》，历举十余事为证，而不止乎此也。伊尹名挚而自称尹躬，见《礼·缁衣》；卫将军文子名木而自称弥牟，见《礼·檀弓》；祭公自称谋父（韦昭以谋父为祭公字），见《周书》；项籍自称羽，见《史记·项羽本纪》；狐偃自称犯，见《史记·晋世家》；闵贡自称仲叔，见《后汉书》。此自古人之脱略，今人不宜效之。"

又《退庵随笔》

又：“凡朋友契阔之余，必借尺书以通情款。尝见有深交密契，一分手而音问缺如者，非必其恝也。语长心郑重，势必艰于下笔，乃至因循愈久，则愈难发付，以迄于无，此欧阳公所以有书与富文忠公责其久不寄书也。”又：“满洲书名，多不系姓，今公私称谓，书札往来，皆但取首一字，此固有所本也。白香山代朱忠亮答吐蕃东道节度使论结都离，称论公麾下。虞道园《正心堂记》，称忙哥帖木耳为忙侯。近钱竹汀《金石文跋尾》续载，至正二十二年《嘉定州重建儒学记》，称铁穆尔普为铁侯，盖截取首一字以代姓，而其本姓自在，乃今人竟以首字为姓，而以其下数字为名，仿汉人单称名之例，如论结都离称结都离，忙哥帖木耳称哥帖木耳，则于文理不可通矣。此满洲人所了然于心，而汉人多不解其故，所当正告之也。”

《笑笑录》笑话

独逸窝退士《笑笑录》有家书笑话一则云：“有士，父使从学，月与油烛一千，其子请益，不可。子以书白云，所谓焚膏继晷者，非为身计，正为门户计。且异日恩封，庶几及父母耳。有如吝小费，则大人承事娘子孺人，辽乎邈哉。闻者绝倒。”

范石夫《朋旧尺牍》

明末范石夫孝廉，有《朋旧尺牍》十册，清叶廷琯曾从友人借观。石夫于诸家尺牍后，各缀跋语，颇有涉遗闻逸事，备文献之征者。考《苏州府志》，石公名公柱，长洲人，为文正公裔孙，崇祯壬午举人，所交皆一时名流硕德，后多成大节，惜此书现已失传。

（五）

史可法复多尔衮书

史可法复多尔衮书，忠义之气，盎然言表。以多尔衮举《春秋》之义，诘责南都，而可法亦以《春秋》大义相答，可谓针锋相对，措辞尤不卑不亢，深得立言大体。即多尔衮书，亦复委婉陈词，堪称妙品。实则此二书皆出他人之手。多尔衮书，为范文程手笔。文程字宪斗，号辉岳，沈阳人，仕清官至秘书院大学士；史可法书，为侯方域手笔。方域为明末四公子之一，才调固极纵横者也。

执事称谓

今与人书不敢直指其人，或致一团体，不知其负责人究属为谁，则往往称执事。执事二字见于《左传》"使下臣犒执事"，固其典雅也。

瑶函兰言

称人之信函曰瑶函、曰兰言，见司空图诗"瑶函真迹在，妖魅敢扬威"。《易》："二人同心，其利断金。同心之言，其臭如兰。"

顿首再拜

古人作札，往往以某顿首、某再拜开端，亦有以某顿首、某再拜为端，仍以某顿首、某再拜为末者，不嫌累赘。黄山谷尺牍中此例最多。

明清书笺

钱梅溪于《艺能编》中涉及书笺云："书笺花样多端，大约起于唐宋，所谓衍波笺，浣花笺，今皆不传。每见元明人书札中，有印花、砑花，精妙绝伦者，亦有粗俗不堪者，其纸虽旧，花样总不如近今。自乾隆四十年间，苏杭嘉人始为之，愈出愈奇，争相角胜，然总视画工之优劣，以定笺之高下。花样虽妙，纸质粗松，舍本逐末，可发一笑。"

蒲松龄骈俪简札

著《聊斋志异》之蒲留仙，工于简札，唯流传绝少耳。予见其邀客小启，骈俪出之，殊堪一诵，因录于下云："淑气撩人，青草衬雕阑之色；晴光扑面，黄莺传绣陌之春。梨花树头，花犹带雨；丁香枝上，香欲随风。只逢人世二难，已堪倒屣；况有歌儿数辈，雅善遏云。不追春夜之游，难免花神之笑。恭维八日，具集同人。采雄牙筹，定卜呼残夜月；紫楼玉凤，当令叫破春愁。愿君跨蹇而来，遣童扫榻以俟。"风华典丽，可乱六朝楮叶。

尊大人

《颜氏家训》云："称人父母，宜加尊字，故有尊大人之称。"但尊大人之称，今皆用于父而不用于母。然陆士龙《答车茂安书》称其母曰尊大人。

友生起居简牍方册

《随园随笔》颇多关于书札之考证。如云："今师与弟子帖称友生，不知所始，周亮工《书影》云：《孔丛子》孔子云，自吾得由也，而恶言不入于耳。自吾得师也，而前有光后有辉，吾得四友焉。云云。是师称友生之滥觞乎？"又云："唐李涪《刊误》称，今谒尊者，称祗候起居。起居者，指动止而言，近有起居某官者，其义安在？不知《汉书》王莽使人起居太后，是作问安之义，称起居某官者，非误也。杜少陵诗：起居八座太夫人。亦是问安之义。"又云："《尔雅》简谓之毕，《说文》简，牒也。牒，札也。又谓之牍。"《史记·匈奴传》："汉以尺一牍。注：木简也。今云尺牍，便文尔。"《中庸》疏：

"简、牒、毕，同物而异名，又曰策。"蔡邕书："策，简也。其制长二尺，短者半之，其次一长一短，两编下附，单执一札，谓之为简。连编诸简，乃名为策。古人书册字像之矣。"许慎曰："象其札一长一短，中有二编之形是也，当为册矣。"《独断》又曰："凡书字有多有少，一行可尽者书之简，简不容书之方，方不容书之册，《仪礼》不及百名，书于方是也。方，版也，简、方、册三别矣。或曰简随事纪之，积多，第日月后先，登之册，若然则简者，若今档子草稿矣。"杜预曰："大事书之于册，小事简牍而已，又一说也；古人官寺之籍，大约如斯，士大夫通问简札之度，无文以言之。"庄周《列御寇》篇："不离苞苴竿牍"，是则当时有馈遗辞语候问也。又曰："手简，古人亲操笔引纸焉。"犹曰脱之古人之指端云尔。毕，郭璞未之详，《礼记》："呻其占毕。"郑公曰："毕，简也"。

春秋后书札文字美妙

春秋以后，书札文字，乃极美妙。刘勰因有"七国献书，诡丽辐辏；汉来笔札，辞气纷纭"之语。

上书与书

臣僚敷奏，称曰上书，始见乐毅之报燕惠王。亲知往来，乃仅称为书，始见郑子家之与赵宣。

书体流别

书体流别，有书、启、简、状、疏等名目。《文心雕龙》云："书者舒也，舒布其言，陈之简牍也。启者开也，开陈其意也；一曰，跪也，跪而陈之也。简者略也，言陈其大略也。或曰手简，或曰小简，或曰尺牍，皆简略之称也。状者陈也，陈列事情，昭然可见也。疏者布也，布置物类，撮题近意也。"

书札说解

书札之说解，见于吴讷《文章辨体》云："按昔臣僚敷奏，朋旧往复，皆总曰书。近世臣僚上书，名为表奏。唯朋旧之间，则曰书而已。盖论议知识，人岂能同。苟不具之于书，则安得尽其委曲之意哉？战国两汉间，若乐生，若司马子长，若刘歆诸书，敷陈明白，辨难恳到，诚可为修词之助。至若唐之韩柳，宋之程朱张言，率多本乎进修之实，读者诚能熟复以反之于身，则其所得，又岂止乎文辞而已？"徐炬《古今事物原始》云："《诗·出车》篇畏此简书，简书者，治竹煞青，作简以书。今人直用纸，名曰简，以通庆吊问候之礼。"《锡带前书》曰："书版曰牍，书竹曰简。"梁佐《丹铅总录》云："《庄子》曰，小夫之知，不离苞苴竿牍。注曰，苞苴以遗，竿牍以进。竿牍，即简牍也。以竹曰竿，又曰简。以木曰牍，又曰札。《说文》，牍，书版也。古者与朋侪往来，以版代书帖，故从片曰牒，曰牒，皆此意也。《说文》作笺，表识书也，后转作牋，亦是用作为笺，用木为牋也。纸，亦曰笺纸，不忘其本也。牒，《说文》曰，牒，札也。徐铉曰，议政未定，短札谘谋，曰牒。《增韵》，官府移文曰牒。《说文》，札，牒也。《释名》，札，栉也，如栉齿相比也。"

（六）

用笔所书曰翰

称人书札曰手翰、大翰，盖古以羽翰为笔，故凡用笔所书者曰翰。

妾身君抱惯

相传有托人谋一位置，而彼方询其须若干酬报，遂作一诗以代答云："托买红绫束，毋须问短长。妾身君抱惯，尺寸自思量。"含蓄出之，而措词尤复婉丽，殊可诵。

回文书札

文人好事，往往有回文诗词，而固难见巧者。岂知尚有回文书札，如晚明吴相如女士答梁含素云："越南燕北，楼雁空遥。月黯黯，风萧萧，发并愁长，思深寥寂矣。屋梁含素，能不依依。"又云："依依不能，素含梁屋矣。寂寥深思，长愁并发，萧萧风，黯黯月，遥空雁楼，北燕南越。"又张履安寄内回文云："别久心驰，茫茫异地。远水遥山，鳞鸿阻越。雨雨风风，中怀积恨。我如思卿，隐隐兮深闺。卿若思我，迢迢兮歧陌。瑟琴生尘，云天共隔。镜台掩映，啼泪应多。棘成翠眉，忧深怨密。人何以诉，言之心伤。嗟嗟！驰驱尘域，甚迫旅怀。归梦遐而渺渺，惊魂断而萧萧。裘霜寒结，鬓雪愁增。只影单形，劳神役魄。散聚因何，浮沉月日。短楮长情，驰心久别。"又云："别久心驰，情长楮短。日月沉浮，何因聚散。魄役神劳，形单影只。增愁雪鬓，结寒霜裘。萧萧而断魂惊，渺渺而遐梦归。怀旅迫甚，域尘驱驰。嗟嗟！伤心之言，诉以何人。密怨深忧，眉翠成棘。多应泪啼，映掩台镜。隔共天云，尘生琴瑟。陌歧兮迢迢，我思若卿。闺深兮隐隐，卿思如我。恨积怀中，风风雨雨。越阻鸿鳞，山遥水远。地异茫茫，驰心久别。"如此体裁，诸多牵拘，只可偶一为之耳。

谢冰心擅作语体书札

女新作家谢冰心，擅作语体书札，《寄小读者》二十九封，有自上海发者，有自神户及欧西威尔斯利发者，写自然景物，而以清丽笔调出之，且充满母爱之歌诵，毋怪青年对其作品，俱表同情也。

予搜罗之手札

予喜搜罗手札，朋好邮书已故世者，装成一册，颜曰"人琴之恸"。如毕倚虹、李涵秋、许指严、蒋箸超、吴双热、余天遂、王均卿、张春帆、朱鸳雏、王梅癯、陶报癖等，均为"人琴之恸"之资料，次装成册者，为生存友好所贻，约百通。凡二册，一曰"长毋相忘"，一曰"似亲謦咳"。讵意装未多时，所谓生存者，如徐枕亚、张丹翁、汪仲贤、戚饭牛、刘公鲁、黄若玄、孙漱石、贡少芹、妙肖尧及胡师石予，亦先后谢世，人生朝露，可慨也夫！又名人遗札，承同文见惠者，予亦装成册子，颜曰"断简零鸿"，如朱古微、刘季平、饶宓僧、叶荭渔、周湘舲、陈巢南、费仲深、谢玉岑、步林屋、潘兰史、蔡乃煌、汪荣宝、朱竹坪、刘山农、王一亭、徐固卿、熊希龄、张岱杉、张季直、黄膺白、许醉侯、吴子玉、傅钝根、黄晦闻、恽铁樵、李国珍、高凌霨、张孝若、周实丹、杨了公、徐仲可、顾悼秋、吴瘿安、吴昌硕、邓孝先、徐菊人、孙师郑、姚孟起、吴荫培、袁寒云、梁鼎芬、汤蛰仙、叶实甫、樊樊山、罗瘿公、林琴南、江春霖，以及时代较先之沈景修、王鹏运、胡公寿、邹小山、查士标、王祖畬、吴菊潭、杨古韫、汪鸣珂等，皆极可贵也。又予于乱离时，购得培莘上款之书札一巨册，笔墨则更精粹，如陆凤石、吴钝斋、叶鞠裳、潘志万、陆伯葵、汪开祉、费西蠡、文廷式、冯文蔚、恽毓嘉、王胜之、邹咏春、曹福元、徐花农、廖仲山、恽毓鼎，盖皆光宣时人也。

偶出把玩，如挹清芳。

中秋谢友书

犹忆予幼时，读书城南某校。刘师出一题："中秋谢友馈月饼藕书。"予偶作骈句云："羡彼百孔玲珑，丝丝入扣；馈我十分圆满，事事从心。"刘师见之，大加赞赏，并许予为佳子弟。兹已时隔三十年，刘师早下世，而予一事无成，漂泊海澨，思之思之，涕泗潸然矣。

折简折柬

裁纸写书曰折简，一作折柬，见《晋书》："公当折简召凌，何苦自来耶。"按凌谓王凌。

秦吉了情急了

秦吉了，鸟名，一名情急了，可以传书。亦作秦急了。沈如筠诗："好因秦急了，一为寄情深。"《琅嬛记》："昔有丈夫，与一女子相爱，书札相通，皆凭一鸟往来。此鸟殊解人意，忽对女子曰，情急了。因名此鸟为情急了。"

古之驿站

古时通达文书，厥唯驿站。元制设急递铺，亦谓之通远铺，即驿站异名也。

传书鸽

传书鸽，军中用以通信。鸽飞极速，其特性非至欲达之地，中途不息不食。最远者，一日能达一千四百余里。唯至后极疲乏，须休息二昼夜以上，方能复原云。

袁中郎尺牍

《袁中郎全集》中，附有尺牍二百多通，均隽洁可喜。书中频言为吏之苦，如云："上官如云，过客如雨。簿书如山，钱谷如海。朝夕趋承检点，尚恐不及，苦哉苦哉。"又云："乡遥心懒，忍作宦游之人；食少事烦，恐是长眠之客。"具见风趣。乃弟小修《珂雪斋近集》中，亦有尺牍八十余通。小修笃于昆弟之情，书中述及中郎之死，惨痛凄婉，读之令人欲绝。间写山中生活，则又雅澹闲适，非天机清妙者不能道。

七夕请柬

前年，予与眠云主持某中学。校中场圃，较为宽阔，乃于七夕良辰，招诸朋好来校小叙。予曾作一小柬云："炎帝执衡，阳晖欲烁。既无辟暑之犀，又乏招凉之宝。襟怀烦躁，彼此同情。敝校位居沪西，地尚空旷，疏篱蔓草，重树藏蝉。旁晚风来，尤为爽适。因备小酌，以迓高轩。喜形迹之不拘，欣群贤之毕至。天上佳期，争相乞巧；人间令节，藉以联欢。希惠然以肯来，毋蓄菲之见弃。"虽不见佳，尚称得体。

柳亚子辑陈蜕庵遗札

革命诗人陈蜕庵既没世，柳君亚子辈为辑诗词刊存，及诗词文续存，内附书类，有代史采崖上醴陵令书，与吴漫庵书，与叶楚伧、朱少屏书，答姚石子书，仅四五通，然皆古朴可诵，不但以稀为贵也。

（七）

牛翁

张香涛作札，辄钤印曰牛翁，与故戚饭牛同署。

范烟桥集曹蘧庐札

我友范烟桥与吴县曹蘧庐女士为文字交，诗词唱和，月必数次。女士书学《灵飞经》，得其神髓。烟桥因将先后所贻书札诗词，装成四巨册，留为鸿雪。

手简纸

书函用笺，高五六寸，阔尺余，糊而连接之为卷。扶桑人名之为手简纸。按手简纸三字，见《老学庵笔记》，所言形制正与日本相同，盖袭用吾国之旧名也。

手书

东坡诗"似省前生觅手书",谓手写之书也。今称人之函牍,亦曰手书。

手毕

手毕犹言手简,谓书札也。山谷题跋:"子京别纸,多云伏奉手毕。"

手泐

笔札曰泐,如言手书曰手泐。多尔衮致史阁部书:"曾托其手泐平安,拳致衷曲。"

柬简名刺

柬与简同,今人称信札及名刺皆曰柬。

本埠本步

上海路名,往往以省名及各大都会名以称之,如四川路、福州路等。故作札封面上必须写明本埠,以免邮员误送他埠,及发觉退还,则已迁缓时日矣。本埠一作本步,步与埠通。

某大启某大展某样

信封上某某先生大启,亦作某某先生大展。展间有作者。又有书某某样，样为日本人之敬语，某样犹言某君某先生也。

《湖上家书》《难中竹报》

天虚我生作家信，绝有致趣，自己巳至癸酉凡五年，刊有《湖上家书》，又事变后在昆明所作者，曰《难中竹报》，闻亦已付梓。

琴南翁掷笔而逝

琴南翁曾许为陈蝶野作《醉灵轩读书图》，以事冗未果。及病革，顿忆画债未偿，乃强起作书致蝶野，谓："老人今生不能从事矣，然平生知己寿伯茀、高子益，最后乃得君三人耳。"书竣付邮，掷笔而逝。蝶野画谈中曾述及之。

吕碧城笔扫千人

樊樊山作书，称谓往往胡乱为之，如称易实甫为妹，称女诗人吕碧城为侄。予曾见其致吕书有云："得手书，固知吾侄不以得失为喜愠也。巾帼英雄，如天马行空，即论十许年来以一弱女子自立于社会，手散万金而不措意，笔扫千人而不自矜，此老人所深佩者也。"推崇可谓备至。

致予书隽永可味者

戚友致予书，有语绝隽永可味者，爰摘录数则如下。如陈莲痕云："平子擅制'四愁'，词客类多别抱，有斐君子，亶其然矣。弟倦游初赋，俗累仍烦，庑下'五噫'，尚虚相应。特识荆御李，两愿常悬。咫尺天涯，弥增菀结。"周梵生云："吾辈生成孤苦，处世如逆流行舟，须篙篙着力，一篙松不得。视人家春水船如天上坐，轻舟已过万重山者，相去不可以道里计。"周瘦鹃云："荷花荡红裳翠盖，度已亭亭可观。徒以儿子病困，不能奋飞。追溯昔游，能无怅惘。"袁百衲云："久病颓放，书作皆不称意。氍毹不舞，贻羞羊公矣。"赵眠云云："有酒有肴，载美人，游山水，亦一乐事也。"

南社名流札如晋唐

南社名流，作札辄如晋唐吐属，如公愚云："深山五月，当离已花，薄言采之，维以永日。吾友宁无故国之思，或伤行路之难耳。"王大觉云："日月驰于上，体貌衰于下，人可以待时，而时必不能待人。中夜扪心，卒卒欲无明日。"姚石子云："因美人而思山水，因山水而怀美人。譬之树草，山水其叶，美人其花。美人借山水以生光彩，山水借美人而不寂寞。言美人者，眉曰远山，目曰秋水，则美人而山水也；言山曰婷婷，言水曰温温，则山水而美人也。"傅屯艮云："对月促饮，御风径行，酌松露以为醴，引清泉而作供。红叶闲路，寒山着花，白云归迟，疏林滞晚。风振衣而虎啸，月满槛而鹿啼。日夕所经，神思为豁。"姜可生云："梅影参差，杏花初放。啼痕宛在，往事重提。此中日月，何堪消息。"姚鹓雏云："穷鸟投林，饥蝉咽露。三年浪迹，四顾羁愁。"高吹万云："但望衮衮诸公，息争蜗角；俾大好神州，立足巩固。则著书岁月，为日方长。时鸟候虫，乐无极矣。"沈昌直云："西方学术，骛之者正自多人，无吾辈一二人插足其间，亦复何损。唯是大道不光，斯文将丧，非得好学深思之士，荒江老屋，保持一二，则抱残守缺之责，将属之谁？"胡寄尘云："世界之美，在天然界为山水风月，在艺术为图画，在文字为诗歌。图画诗歌，虽非尽属山水风月，然舍山水风月，即无清淑幽静之气，而不能令人起澄洁悠远之思。"蔡寒琼云："寓楼临玉带河，吟窗压波，叠韵挥毫，双影照水，亦颇弗恶。"胡朴庵云："饥来驱我，有疚初怀。家无负郭之田，即箪食瓢饮，亦不能不奔走以求之。贫贱作嫁，尚何言哉。"

畜生乞汝

湘东王以妾徐氏赐庾信。妾与信弟掞私通。掞欲求之，无敢言者。信庭前有苍鹅，乃系书于鹅颈。信视之，遂题纸尾曰"畜生乞汝"。见《埤文》。

一分五枚与五分一枚

某供职于洋行。一日，寄一函与外埠友人，用一分之邮票五枚，黏于函端，被洋行中之西人见之，曰："何不用五分一枚之邮票，而耗费如此。尔中国人，独不为中国稍惜物力耶。"某为之愧恧不置。此种情形，为国人所习见，尚祈注意及之。

启谨启再拜百拜

《猗觉寮杂记》云："江左臣下奏事用启，如法帖中王僧虔《南台御史帖》，前云臣僧虔启，后云谨启。今则施于平交，则必大怒，以为简，唯问候外幅则用之，非情也。故内简必顿首再拜，而后可。稍重则加上覆，又重则易再拜为百拜，且加惶恐字。古者简牍取简便，今必十幅，不情无甚于此。"

（八）

文物展之名札

此次香岛所开粤文物展览会，蒙陆君丹林惠寄出品目录一巨册，知陈列名人手札綦多，如江逢辰、陈荣衮、何璟、冯敏昌、冼宝干、梁鼎芬、黄晦闻、陈清端、陈澧、伍廷芳、梁启超、海瑞、今释、梁梦环、方献夫，及孙中山致章炳麟札，胡汉民致谭延闿札，黄克强致李沛基札，康南海致徐勤札，何如璋致方照轩提督言虎门防务及中法战事札，丁日昌致方照轩言办积案札，皆极名贵。惜予无双飞翼，不克前往一饱眼福，为可憾耳！

《焚书》之书牍

晚明李卓吾，工于文辞，稍涉偏激，为当道所禁。曩年上海杂志公司搜罗珍本，为刊李氏《焚书》，于是遂得普遍流传。首冠书牍百数十通，中谈禅理，颇多妙悟，好佛者不可不一诵也。

记室代劳之古例

记室以代笔札之劳，此例甚古。后汉太尉官属，有记室会史，主上章表，报书记，秩百石。其太守都尉官属，亦有记室史，主录记书，催期会。嗣后公府王国，皆置记室参军，以掌书记。元以后废。今通称任书记之事者为记室。按古时又有女记室，如袁郊《红线传》云："唐潞州节度使薛嵩家青年红线者，善弹阮咸，又通经史，嵩乃俾掌其笺表，号曰内记室。"

音信音书音问音讯音耗

书札报人以踪迹曰音信。李白诗："不见眼中人，天长音信断。"又曰音书。宋之问诗:"岭外音书断,经冬复历春。"又曰音问。韩愈诗:"临淮太守初到郡,远遣州人送音问。"又曰音讯。元稹诗:"故交音讯少,归梦往来频。"又音耗犹言消息。耗本消耗,因消而为消息,遂有信问音耗之训,见《说文通训定声》。

妾妾香香

昔有李仲儒茂才,余姚诗人也,馆于云间。家有妾名香儿,时有信至,字迹挺秀,李恒向人夸之。李口吃,每称其妾香儿,必曰妾妾香香,一友人戏之曰:"君有两妾,何不带一到客中?以伴寥寂。"李笑而答以诗曰:"凤兮凤兮原一凤,期期艾艾昔贤呼。妾妾香香聊比美,一人可作两人无。"一时传诵,以为黠慧。

互投书札以为笑乐

予幼时,不能作书,而颇以人之鱼雁往来为可羡。一日,予乃约同学某,互作一书,而同赴邮局投寄。越日,绿衣使来,予得某书,而某得予书,各展诵以为笑乐。及今思之,犹为哑然。

竹夫人青奴汤婆子

竹夫人一名青奴,为暑日伴寝之用,此制今已无存。予曩时，曾仿梁刘峻《送橘启》，为《送青奴启》云："竹士青奴，文士所称，荐枕之夕，拥之玉肌祛暑，抱之琼骨生凉。纤细而玲珑，雅不冶妖，情不荡佚，美逾芬若（司马相如《长门赋》'抟芬若以为枕兮'），艳胜香云（郑允端《楮帐诗》'香气如云拂面来'），可侍纱橱，可伴晶床，可偎冰簟。汤家之婆，宁有此耶？"游戏出之，藉博一笑耳。

六尺巷由来

相传一士人流寓京华。家中以与邻家争夺墙基，势将涉讼，乃致书招士人还。士人见书，付诸一笑，爰成诗一首以代覆云："千里驰书为一墙，让他数尺又何妨。长城万里今犹昔，不见当年秦始皇。"士人旷达，殊可佩也。

国学商兑会之书信

民元之际，高吹万、姚石子辈组织国学商兑会，刊行《国学丛选》，末附商兑通信录，讨论学术，不厌往复。其发端有云："本会志在商兑，故会员宗旨，人多异趣；其商兑书信，不妨并存。且真理必待相辨而始出，大道亦常殊途而同归。明达君子，幸勿讥焉。"其中如胡朴安、胡寄尘、姚鹓雏、周仲穆、陈蜕庵、高天梅诸子论文之书，尤精邃独到。惜十余期后即止，否则学者南针，受惠匪浅也。

蒋苕生飞递十三札

与袁简斋、赵瓯北齐名之蒋苕生，生平重义气。时有骆生者，负盐课客死。苕生漏夜作十三札，飞递岭南，俾其妇扶生榇归，一时人咸多之。

清芬谁是伴

画石圣手邓春澍，致予札，笺纸作聚头扇式，上绘兰石，题有"清芬谁是伴"五字，可谓生面别开。

鲁迅刊笺谱

闻故新文学家鲁迅，喜收罗各种信笺，刊有笺谱，惜予未之见。

林屋山人书启

杞县步林屋逝世，其门弟子为刊《林屋山人集》，附书启二十二通，如致杨云史、沈太侔、袁寒云、廉南湖、周今觉、张丹翁、蒋恢吾、阳佐庭等，皆极古茂可喜。又有代伶人王芸芳、王克琴启事，以骈俪出之，尤为风华典丽。

（九）

启事陈事

书尾署曰启事，犹言陈事也。《晋书·山涛传》："涛为吏部尚书，凡用人行政，皆先密启，然后公奏，举无失才，时称《山公启事》。"

《双鱼馆尺牍》

余姚饭牛翁撰有《双鱼馆尺牍》，凡三十通，如：柬任堇叔，复秦曼倩，答何问山，致吴听猿，寄贝南园，皆极隽趣风流，收入《饭牛翁小丛书》中。翁致予札亦有数通，予珍藏之作为纪念。

愙斋手札

吴湖帆为愙斋文孙，收存愙斋手札綦富。曩蒙见示，谈甲午军政以及金石书画，无不精当独到，洵艺林至宝也。

时装仕女笺

当民元之际，有正书局发行时装仕女新信笺，其时上海妇女尚梳髻鬟，不如现之首如飞蓬也。笺上刊印新髻式八种，有堆云托月、绿云锁凤、东来鬓影、绿鬓堆云、样翻堕马、双鸳戏影、云鬓倭堕、舞凤堆鸦等名目。又有听电话图。包天笑题句云："飞来天外缠绵意，诉尽人间宛转心。"又题绒线手工图云："扣成千万结，结结是相思。"湖丝阿姐图云："春丝抽不尽，宛宛是侬心。"拍网球图云："漫掷相思子，轻抛如意珠。"时隔多年，此种信笺，市上已绝迹矣。

欧洲诸国女王之情书

瘦鹃之《香艳丛话》，载有："曩年伦敦拍卖行中，有专拍卖各国历代帝后情书者。其事甚奇，其价甚昂，然其搜罗亦煞费苦心，是不可以不纪。行中所最视为奇货者，为苏格兰女王马丽之情书。其购得时，仅费四十六先令，出售乃定价至一千零二十五镑。马丽有知，应自悔笔墨流传，乃致为市侩操奇计赢，且以狎亵之语，陈诸大庭广众也。次为俄罗斯女帝叶卡捷琳娜二世之情书。叶卡捷琳娜在位时，扩张领土，分割波兰，意其人必英伟绝伦，不屑于儿女之情者。顾其书乃情深一往，既温柔而绰约，亦悱恻而缠绵，令读者有情文相生之感。关于叶卡捷琳娜一人之书，尚有数函，文笔大致相类。又有显理八世妻之一书，语意愤懑，似因查理别有所眷，欲与之离婚者。个中底蕴，殊非数百年以后之人所能妄为猜度也。《伊丽莎白一世》一书，以三页而索价三百六十五镑。《都铎女王》一书，以一页而索价四百二十镑，皆其最著者也。厥后德京柏林，有一拿破仑所书之情书出售，书从费洛纳寄至波那百，盖为其爱妻约瑟芬作也。时拿翁方率其陆军至意大利，书中深以不能长侍玉人为歉，且贡无数亲爱之语，不啻将心香一瓣，掬示约瑟芬，百炼精钢，化作绕指柔矣。书藏可亨馆中，不知何时流转至德，闻索价为一百二十五镑云。"

雨果情书

法文豪雨果，少时与邻女阿黛儿相爱，函札往来，蔚然成帙，世所称雨果情书者是也。后阿黛儿死，雨果重展前书，荡气回肠，欷歔欲绝，因题诗其上，以志悲思。马君武曾译为汉诗云："此是当年红叶书，而今重展泪盈裾。斜风斜雨人将老，青史青山事总虚。百字题碑记恩爱，十年去国共艰虞。茫茫乐土知何在，人世苍黄一梦如。"

以鸽鸡卵书册瓶传书

苏格兰人富于爱情，情波横溢，时起狂澜，遂发生种种之奇闻，而尤以情界中人邮书之新法为最奇妙。有因家庭专制，不能遂其燕婉之私者，甚且名花深锁，一面无由，其情人乃使其家蓄之鸽，传递情书，鸽驯而忘机，书札往来。又各有特别之符号，故其事秘而不致泄漏，金笼玉食，不啻我国人之于雪衣娘也。舍飞鸽传书之外，更有以鸡卵作寄书邮者，卵之用不一，未有用作旷夫怨女之媒介物者，有之，则以此为破天荒矣。一加拿大妇人，居处无郎，良觉寂寞，因以铅笔作细书，将其身世希望等，一一宣之于鸡卵之上，如天之幸，此卵竟为大西洋畔一鳏夫所得，于是黄姑信去，青鸟使来，红豆一枝，相思两地，未几遂成多情之眷属矣。英国德哀河畔之新堡，有密司雪梨痕者，艳名噪一时，与邻人子相悦。以其贫，女父母深恶之，至杜绝两人之往还，并夺其书信自由之权。邻人子乃托友人向女处借书一册，翌日还之。间一日，则又往借焉。往来既频，女父母不能无疑，细视其所还书，亦无甚疑窦，不知书中固有两人血泪所成之情书附其中也。书不以字，以暗记，暗记之读法，不横而纵，如我国书然，故女父母亦猝不之觉也。后卒以此演成红拂私奔之故事。数年前，有苏格兰男女二人，偕遁至美洲结婚，其初亦不得自由，彼此通函，辄置书信于瓶中，随流而下，而受信者则预于下流候之，是又与御沟红叶之事，若相符合矣。亦载《香艳丛话》。

蜻蜓传书

《断鸿零雁记》为曼殊上人自述体之小说也。有云："一日，风雨凄迷，予静坐窗间，读唐五代词。适邻家有女，亦于斯时当窗刺绣。予引目望之，盖代容华，如天仙临凡也。然予固不敢稍萌妄念。忽一日，女缮一小小蛮笺，以红丝轻系于蜻蜓身上，令徐徐飞入予窗。盖邻窗与予窗斜对，仅离六尺，下有小河相界耳。予得笺回环雒诵，心醉其美，复艳其情，因叹曰，吾何修而能枉天仙下盼耶！"此事绝艳韵，尺牍佳话也。

背人书写背人看

《樊山十忆集》有忆书云："鸾笺小叠报平安，想见姜芽嫩玉寒。花叶往来无限事，背人书写背人看。"殊有意致。

把一路圈儿圈到底

有妓致书于其欢。开缄无一字，先画一圈，次画一套圈，次连画数圈，次又画一圈，次画两圈，次画整圆圈，次画一半圆圈，末画无数小圈。有好事者题一词于其上云："相思欲寄从何寄，画个圈儿替。话在圈儿外，心在圈儿里。我密密加圈，你须密密知侬意。单圈儿是我，双圈儿是你，整圈儿是团圆，破圈儿是别离。还有那说不尽的相思，把一路圈儿圈到底。"亦妙语似环，非慧心人不办。

陈云贞劝夫词

曾于某小丛书中，载有陈云贞寄外书，作情致语，缅缅约三千言。据考陈为清乾隆时人，其外子范姓，号秋塘，淮安人。因不得继母欢，乃远走伊犁。书中有劝其外子语，尤极恳挚，如云："细想哥哥天资机警，赋性疏狂，未能一展才华，辄复经此大难。一朝失足，万念都灰，又有何心矜持名节。且栖身异地，举目谁亲；回首家乡，愁肠欲断。故于花晨月夕，灯炧酒阑，或拥妓消愁，呼卢排闷。即或三生石畔，五百年前，遇解渴之文君，值多情之倩语。书生积习，彼美怜才，谅亦未能免俗。聊复尔尔。贞闻之悯之不暇，又焉敢效妒妇口吻，引笔讥劝耶。唯念哥身非康健，性复痴憨。彼若果以心倾，君何妨以情死，特患口糖唇蜜，腹剑肠冰，徒耗有用之精神，反受无穷之魔障。私心自揣，可惜可伤，沉麴迷心，兼能致病。樗蒲牧戏，更丧声名。至些小傥来之财，更不足计。贞酸辛苦辣，色色备尝。釜蚁余生，尚知自爱。岂哥以千金之体，而甘自颓唐，毫不念及，转待巾帼之箴规哉！"措辞如此，堪称得体。云贞真扫眉才子哉！

（十）

书札不宜涂损

书札往往随笔出之，涂易增损，在所不免。然总以不涂易不增损为妙，否则有关系处恐致误会。

信之折叠

信之折叠，宜先直折，然后横折，使成长方形，较信封稍行短狭，俾易于抽纳。最忌反折，按诸旧俗，反折所以表示凶信。近则因信封过于薄劣，置于其中，字迹隐约可见，相率反折，成为习惯，此忌亦不之拘矣。

知名知恕心印心肃

彼此极熟，一见字迹，可知出阿谁手笔者，其名不妨用"知名"二字为代。或作知恕具，他如名心印，名心肃均可。

一书致二人三人之列名

一书致二人，两名并列，以较客气者列右，不客气者左之。若一书致三人，则中为尊，右次之，左更次之，此亦作书常识也。

信札抬头三种

信札抬头，有平、单、双三种之别。平抬者是较首行低二字也。单抬者，较首行低一字也。双抬者，与首行并列也。盖涉及对方，可用单抬。涉及其子侄辈，可用平抬。若涉及其祖父母，则非双抬不足以示辈分之区别。但今为简捷计，均作双抬式，与首行并列，不之别矣。又照例每行不能只写一字，每笺不能无一行到底。到底之次行，更不能写自己之称谓如晚弟愚等。故于临书时须先加斟酌，以字数多少及疏密凑之。便条则不拘。

信札忌钤三印

钤印于信上，常有之事也。但俗有三凶四吉五平安之说，故忌钤三印。凶信之印，须用蓝色。

居丧致书规则

居父母丧致人书，具名上旁须添写棘人（百日内），制（百日外），禅（将近服阕之三个月），他如期服具名上旁添写期字，功服写一功字，缌麻写一缌字。

潭安潭祺潭祉潭府潭第

其人家居，投书可称潭安、潭祺、潭祉，若旅居则不可用。盖韩愈诗："一为公与相，潭潭府中居。"因此称人之居曰潭府潭第。

日安刻安晨安朝安午安晚安

本地之信，当日可到者，请安可用日安。若遣人送呈，即刻到达，可用刻安、晨安、朝安、午安、晚安。

敛衽

曩昔妇女作书，具名下往往为敛衽等。敛衽者，谓敛其衣襟，肃敬之意也。《国策》："一国之众，见君莫不敛衽而拜。"《史记》："陛下南向称霸，楚必敛衽而朝。"古皆指男子而言，后专称女子之拜，今则已废去不用矣。

尺牍双璧

俞曲园弟子费祇园擅笔札，撰有《新函牍》一书，题裁极新，而以旧词藻为之，工稳巧适，与许指严所撰之《尺牍崭新》堪称双璧，且皆偏重政界方面。仕宦中人，奉为圭臬也。

马谡临终之书

《襄阳记》载马谡临终致亮书云："明公视谡犹子，谡视明公犹父，深愿推殛鲧兴禹之义，使平生之交，不亏于此。谡虽死，无恨于黄壤。"观此可知《三国演义》之斩马谡信而有证矣。然陈寿《三国志》之《马谡传》则有歧异处，如云："谡与张郃战于街亭，为郃所破，士卒离散，亮进无所据，退军还汉中。谡下狱物故，亮为之流涕。"则似乎谡死狱中，非被斩也。

以湿草纸作弊

若干年前，海上某书肆，忽获一双挂号函，盖自滇南发来者。剖览之，则云，奉上邮票二百金，以购某某等书。但细检其纸裹，表为油纸，里为草纸，邮票无有也，疑而察其封，其口若有窃拆痕，且原信所黏之邮票，不合克数，此邮吏之作弊也明矣。遂严词向之诘责，邮吏循所递之局，逐一询究，卒无端倪，拟偿其损失矣。忽滇局叩发函人以所封邮票之数，若干为元者？若干为角者？若干为分者？发函人乃以若干元若干角若干分对。局人试以其所述者，衡其轻重，所得格兰姆数，大不符其函上所黏之邮票。于是遂揭其诈，拘而审问之。始知初以湿草纸装入油纸裹中，自滇至沪，经若干时日，湿纸干而重量自减。并先自启其封，而后再合之，邮吏固未之注意也。其诈术几乎得售，甚矣其巧妙也。

（十一）

汉魏齐梁书牍评议

尝见遵义孙学濂论文，涉及书牍，谓："书牍之文，局度不可不整，退之《答李翱书》学《庄子》，《报崔立之书》学《史记》，而李书不若崔书之工者，即在其局度之整否也。柳子厚与许孟容书，前述致罪之由，中记困苦琐屑，末乃推论古人，篇法峻整，足继史公。而桐城诸家乃讥之，是真文无定评矣。"又云："李选分析书与笺牍为二，实即彦和所列之书记也。此则分门，实近烦琐。况书问中，何尝无荐达陈谢诸类，顾亦能尽立为类耶。其体则汉人爽发，郁勃纵横。魏人婉絜，少而弥旨。垂至齐梁，小启多佳，巨制罕觏。大约景可含情，故不废点染。笔贵达意，故不厌曲折。质胜则野，事多则杂，以元瑜翩翩之思，运敬通洋洋之词，则无阂不通，千里一堂矣。招邀谢馈，并宜小简。论志言情，则重大文。侧艳之作，齐梁乃倡，偶一为之，斯不伤雅。挽近浮薄，好为艳体，而辞俚气促，未梦六朝，艳于何有。俗则斯然，学古之士，幸勿出此。"

陌上花开可缓归

吴越王妃每岁春必临临安。王以书遗妃曰："陌上花开，可缓缓归矣！"吴人用其语为歌，含思宛转，听之凄然。是亦简牍佳话也。

琬琰之章

称美人之书件，曰琬琰之章。史阁部复多尔衮书："今倥偬之际，忽捧琬琰之章。"按琬琰，玉圭也，古人用以记事。唐玄宗《孝经序》："写之琬琰，庶有补于将来。"邢疏，写之琬圭、琰圭之上，若简册之为。或曰，刊石也。言写之琬琰者，取其美名耳。

半兰先生乞兰启

先师半兰先生有乞兰启，短隽有致。予藏其稿，云："服媚国香，畴曩结癖。旅食三祀，未或遗之。何意芳躅，近在咫尺。介君子而修礼，倘惠然其肯来。饥渴之怀，翘思终日，临楮不悉。"盖其时师主省校讲席，课余之暇，辄以艺兰遣兴也。

握箑按炉江船秋树

昔人作札，辄作隽永语耐人寻味。犹忆明冯梦祖馈人炉扇书云："近获二妙，于鸳水曰炉，能和筋脉，令人忘寒。于檇李曰箑，能冰肌骨，令人忘暑。第不敢私，荐之左右，夏则握箑，冬则按炉。可以验今炎凉之态，亦不失鄙人寒暑不更意也。"又陈伊水寄吴小曼云："登元礼之堂，识荆州之面，团圞光霁中，顿令尘襟俱涤，欣慰何可言。归来别绪，满载江船，觉杜陵秋树，真为我辈咏也。"着墨不多，情深若揭。今人虽连篇累牍为之，不是过也。

查士标札

予获查士标札二。一致逾明，述其脚气病。一致其侄，嘱挂字画并百花灯并蒂荷花金鱼灯。俱见闲情逸致。作行书绝流利，钤印二，曰梅壑，曰二瞻，乃什袭藏之。

文人名笺

文人作札，喜自制笺纸，如陶报癖有双钩"祝君幸福"四朱文隶书，下有"报癖自制"四小字；徐枕亚于笺端印有"枕亚启事之笺"六字，朱文，乃其自笔也；许半龙有双匏馆白笺；姜可生笺有"嫩啼援寄语"五字；徐卓呆有劳圃用笺；范烟桥有鸥夷室制笺。吴湖帆笺，绿文"绿遍池塘草"五大字，附识云："甲戌之春，静淑作《千秋岁》词'绿遍池塘草'一语，为生平得意警句。今将手稿放影制笺纪念。己卯长夏湖帆。"
盖悼亡后所制也。张大千有画梅笺，自注"大千居士用元人法"；
王式园有杜衡仙馆笺；李健集其家藏宋拓《淳化阁帖》王献
之书制笺；罗忠篆父母既没，取爵文镂笺，以寄哀思，作浅
蓝文，绝素雅；陈筱石有寿笺，中一寿字，下为"丙子五月
庸叟制笺""时年八十"等朱文；蒋吟秋有吟秋馆用笺。金季
鹤笺，上为二古钱，下云"昔梅圣俞尝饮酒刘原父家，原父
怀二古钱劝酒"。季鹤嗜酒若命，宜其作谶言也。又有一种，
笺旁有"季鹤尺素"四小字，亦绝有致。周拜花有拜花周武
臣用笺；杨翔青有云湄室用笺；王均卿有新旧废物用笺；王瑗
仲有瑗仲用笺；张春帆有漱六山房笺；顾明道有明道用笺；汪
仲贤有翼庐用笺；张碧梧有碧梧桐馆用笺；赵眠云有心汉阁
笺，为青山农书；朱凤蔚有龙吟虎啸馆用笺；顾鼎梅有金佳
石好楼用笺；杜进高有三定簃制笺；陈巨来有安持用笺；吴荫
培有露凝书屋笺；梁鼎芬有一盏轩笺。高吹万画梅笺，为石
予师作，并识云："梅花习与冷为缘，吴县沈绥慎和华亭杨古
酝八十自寿句，余久欲借以镌一印章未果，老友寒隐居士属
写吟笺一幅，即用为题。古酝绥慎，亦居士之友，今已作古人，
诵梅花七字，可想见风骨矣。壬申冬中石予胡蕴。"叶鞠裳
有五百绥幢馆笺。徐花农有慈圣御赐笺，作钱宝图四，钱之
正面为"吉祥如意"，背为"平安"二字，图旁有"银钱金
锞南斋珍赏之笺光绪丁酉除夕臣徐琪敬制"数字，洵别开生

面之作也。徐仲可笺，一为汪洛年题"天苏阁丛刊二集"七篆文，一为蔡姜白所缋枯木顽石，上为珂字，下为徐字，边为仲可二字，姓名及字，均在画中矣。一为徐花农题司空表圣语，识云："予与仲可弟同居京师小接叶亭，适园花盛开，因格司空表圣语为制此笺，回环读之，成一珂字，而吾弟之名在中，亦一奇格也。庚寅首夏，花农兄琪。"商笙伯致予书，素纸上亲笔绘牡丹，下署笙伯，具见画家本色。

绝妙之吊唁书

湖帆悼亡，有谢戚友吊唁书，胼四俪六出之，殊可诵："德涵瀛海，缟纻继侨札之交。义薄云天，蒿薤慰蒙庄之梦。敬维某某先生握怀仁恩，矜恤鳏哀。墨宝鸿词，宠锡则壤泉生色；素车白马，莅止则蓬荜增辉。湖帆斗茗当年，愧《漱玉词》一门风雅，衔环此日；幸寒山雪千尺温融，故旧不遗。存殁均感，专肃芜笺，敬申谢悃，诸维爱照不宣。"又石予师悼亡，亦有谢启云："胡蕴不幸，猝遭内子曹君之丧，驰函赴告，藉述悲哀。乃蒙远道亲朋，损书慰唁，或锡宏辞之褒，或脱左骖以赠，抚衷自念，惭荷实多。山川修长，不获趋谢，肃奉寸简，用答高谊。统希矜亮，祗颂道绥。"是皆绝妙之酬应文字也。

便条之要点

病尺牍之繁文缛节，日常应用，乃改用便条，盖时间精神物质，均较经济也。便条有扼要之点，不可不知。一字句须简明，不妨废除客套。一以行书为最适宜，但勿过于草率。一既名便条，不若尺牍之郑重，可以废物利用，日历等纸背面书写亦宜。尤以名刺上书写，最为普通，此例昔已有之。予藏有沈景修便条，即书于名刺上。名刺为一大红帖，木刻沈景修三字。有云："庞春泉有疾，命其侄安邦携货来盛。春泉选豪素著名，无烦赘述。如高足欲添笔，尽可进而交易之。此上桂青仁兄大人日安。"字既挺秀，墨色黝而有光，的是佳品，为我友孙君宗复见贻。

（十二）

卓别林日收函札千通

西方笑匠卓别林游英吉利，欢迎者甚众，日收函札千通。有一函自华德福城来，封面但图却氏二足之形，不书地址姓名，却氏意得之。

郑逸梅蒋吟秋制恋爱笺

曩年予与蒋君吟秋合制恋爱笺，由某公司发行。予集句，吟秋作书，为情侣投帖之用。书作各体，有隶有篆，有横有直。

或作弧形，或为环状，殊有致趣。句如："情天难占阴晴。"又："情丝缱绻，欲解益结。"又："吾人一生，最神圣之晷刻，在初知情爱时。"又："情海中有双鸥，随起随灭。"又："情弦往往发变徵之音。"又："情泪中有酸分，兼有甜汁。"又："情场之训词为专一。"又："宵来好梦，每以告诸其爱人。"又："寄情书必审慎其缄封。"又："情天花坠，著于襟袖，则其人乃如药而狂、酒而醉。"又："爱情之俘虏，无赎身之余地。"又："并头照影，一笑嫣然。此景此情，足以荡魄。"又："真爱情永不衰老。"又："心电之力，可超世界而感万物。"又："情侣偶有疾痛，愿以身代。"又："情场之恩主为映相师。"又："吾影印于芳心，吾名道于香口，何等愉快。"又："情田易耕难获。"又："酒醉半日，情醉终身。"又："情网虽疏，无漏去之鱼。"又："世界爱情所造，无爱情不成世界。"又："与情人会合有期，则必喜撕其日历。"又："无恒心者未可与言情。"又："黄金所购之爱情，易得而易失。"又："水之映月，蝶之舞花，皆所以表示恋爱。"又："月下出怀中所爱小影，平视端详，此心当飞天外。"又："言情小说之字里行间，似现轻颦浅笑。"又："情弹深入骨髓，非爱克司光镜所触察见。"又："情人之器量至狭。"又："情苗茁生心田中。"又："所爱被人夺去，仿佛巨魔攫其心。"又："情人别离后，所盼望者为函札与梦。"又："情场之面积，难以尺量。"又："情人皆美术家，能镌倩影于方寸间。"凡五十幅为一组，当时颇能流行。自某公司停业，此笺绝迹于市矣。

女飞行家名演员李霞卿手札

驰誉国际之女飞行家李霞卿，曩曾受业于词人朱大可。予搜罗名人手札，蒙大可以李札见贻。其札云："夫子大人函丈，敬禀者：受业等于日昨回沪，旷课多时，亟待补习。恳于下星期一惠临蓬门，俾受训益。肃此禀缄，恭叩诲安。受业李旦率妹再拜。"按其时尚在民国十九年，李方从事电影，以旦之名，轰动一时，如《西厢记》《花木兰》等片，皆身任主角也。

古来女子善书札者

古来女子善书札者，代有其人。考之《玉台书史》，如云："后主沈皇后讳婺华，吴兴武康人也。后性端静，聪明强记，涉猎经史，工书翰。"又："魏国大长公主英宗第二女，神宗时封蜀国公主，下嫁左卫将军王诜，好读古文章，善书札。"又："谢自然，华阳贞女也。幼而入道，善笔札。"又："嵩山女子，佚其名，笔札秀丽。"又："永州刺史博陵崔简女瑗，嫁为朗州员外司户河东薛巽妻，善笔札。"又："关氏，南楚人图之妹，甚聪慧。文学笔札，图尝炫人。"又："安国夫人崔氏，善书札，体法甚老。"又："建安郡夫人游氏，赠光禄大夫黄崇妻，组纫笔札之艺，皆不待刻意，而能辄过人。"又："张夫人，汉御史纲之后，通判宋若水之妻也。读书史，善笔札。"又："赵夫人讳鸾，字应善，能琴书，善笔札。"又："天台九思之女柯氏，通经史，善笔札。"又："天佑之女段氏，能诗章，善笔札。"又："蔡氏，隐士韩弈妻也。读书通大义，善笔札。"又："黄氏，遂宁黄简肃公珂之女。博通经史，工笔札。"又："蔡夫人，黄石斋之配也。石斋先生被难之前，蔡夫人致书，谓到此地位，只有致命遂志一着，更无转念。谆谆数百言，同于王炎午之生祭。闺阁中铁汉也。"又："墨娥，姑臧太守张宪妓也，尝代宪书札。"又："田田、钱钱，辛弃疾二姬也，因其姓而名之。皆善笔札，常代弃疾答尺牍。"又："东坡先生在黄日，有李琪者，小慧而颇能书札。"又："郝文姝，字昭文，金陵妓。宁逮李大将军物色之，载滕车中。方督师辽东，置诸掌记间，称内记室，凡奏牍悉以属。"

管夫人用语体作书

用语体作书，古时已有之。如赵魏公室管夫人有家书一通云："娘书付三哥吾儿。昨日福山寺僧来，得五哥六月内书，知汝安好，家中及道院内平善，方得放心可收。香盟寺呈子至，先还借钱一百定，如得人手，可着四五哥大一哥商量交孙行，可买东横钱百户屋地，并西边萝卜地，及德清园前地。我已分付五哥了，此地若别对付钱买了，却将此钱好生实封了，付的便寄来。九月间沈山主周年，切须与三定钱，油三斤，米五斗，请十僧，灯、斛做汝父母名字，追荐沈山主则个。可怜此人多与我家出气力，切须报答他。书到便与哥哥每说知，分付福和万六道、徐庆一等，好生与我安排供养为好。苏湾田塍交徐寿二好生修理，休误。桑树好生照管浇灌，山上亦宜照管，交梓沛兄令人多接栗树，多种桑树。只此不一。七月二十六日娘付三哥收。"

火漆封蜡

凡书之郑重秘密者，辄以火漆封之，而钤以印章。古人则不用火漆而以蜡。《岳飞传》有"蜡书驰奏"等语。

岳飞得赐御札

岳飞初得帝褒奖，赐御札颇多。后万俟卨簿录飞家，取当时御札藏之以灭迹，亦见《岳飞传》。

孙长真咏情书二律

昭文孙长真诗中，有咏及情书凡二律，如云："绿窗亲寄研红笺，十颗明珠抵万千。秘字不教留札尾，开函先属背人前。团香作炷要盟久，刻玉为钱卜事圆。若使嫦娥推不管，上头还有碧青天。"第二首云："一纸私书密语温，缄封犹自带啼痕。愿郎自保风霜体，胜妾亲承雨露恩。隔世有盟须结发，今生无益枉销魂。凄凉那忍低徊读，烛下焚灰并泪吞。"

金松岑友人为之握管

诗翁金松岑，曩年尝致书苏戡，力称苏戡书法之妙。苏戡覆书，亦亟称松岑书神似张廉卿。松岑乃答之云："天翻不能书。惧以恶札为长者所弃，有友人为之握管。"率直如此，前辈真不可及也。

陈蝶仙词涉及家书者

故陈蝶仙词，有涉及家书者。《洞仙歌》云："家书珍重，料书成还搁。封了重新又开读，待重新封好，还有新诗，却写在小小邮简边角。邮程原咫寸，屈指来鸿，往往空桑已三宿。爪雪辨依稀，无日无时，算唯有灯花能卜。愿日日来书报平安，任抽尽蚕丝，莫嫌蛇足。"《蝶恋花》云："说道归期明后日，左右思量，毕竟虚和实。料取今朝还未必，凭楼兀自看山色。屈指邮程原咫尺，只怪身无彩凤双飞翼。叮嘱石头城下客，家书千万休遗失。"又其女小翠《湖滨杂兴》亦有"客里寒温数行字，惬心第一是家书"之语。

海上风行野人头

海上曩曾风行一种封信口之小纸，上印一人首，张其吻而眵其目，俗称野人头。以太粗犷，未久即废弃无人用矣。

匆匆使者曰信小纸别纸

《天禄识馀》关公尺牍之考证有三则。其一"匆匆",云:"黄伯思云,右军帖语有顿乏匆匆。《颜氏家训》云,书翰多称匆匆,相承如此,莫原其由。有或妄言忽忽之残缺耳。说俗匆者,州里所建之旌,盖以聚民事,故急遽者称匆匆。仆谓彭氏以《说文》征此字为长,今流俗又妄于匆匆中斜加一点,谓为匆字,弥失真矣。按《祭义》匆匆其欲飨之也。注匆匆,犹勉勉也,悫爱之貌。杜牧之诗,浮生长匆匆,是知匆匆出于《祭义》,唐人诗中用之,不特称于书翰耳。"其一"使者曰信",云:"晋武帝炎报帖,末云,故遣信还南史,晨起出陌头,属与信会。古者谓使者曰信。黄浩云,公至山下,又遣一信见告。《谢宣城传》云,荆州信去倚待。陶隐居云,明日信还,仍过取反。《虞永兴帖》云,事已信人口具。凡云信者,皆谓使者也。今遂遗书馈物为信,故谓之书信,而谓前人之语亦然,谬矣。《王右军十七帖》有云,往得其书,信遂不取答。谓昔尝得其来书,而信人竟不取回书耳。世俗读往得其书信为一句,遂不取答为一句,误矣。《古乐府》云,有信数寄书,无信心相忆;莫作瓶坠井,一去无消息。包佶诗,去札频逢信,回帆早挂空。二诗尤可证。"其一"小纸别纸",云:"晋何曾为丞相,性好侈靡,有以小纸为书,敕记室勿答。唐庐光启受知于租庸使张濬,每致书,凡一事别为一纸,朝士效之。"

（十三）

张鸣珂跋前贤书札

偶阅嘉兴张鸣珂之《寒松阁题跋》，颇多涉及前贤书札，如跋龚定山帖云："合肥龚鼎孳芝麓，著有《定山堂集》，与虞山尚书、梅村祭酒称江左三家，此间与冒巢民，书法秀逸飘忽，语亦雅饬，惜未附近作耳。"跋汤贞愍公帖云，"武进汤贞愍公，晚居金陵狮子窟，筑琴隐园，以书画诗词相娱乐。此札不过随意酬答，而文章风概，足以辉映一时也。"《二金蝶堂尺牍》跋云："赵撝叔同年尝游闽中，与魏稼孙论金石之学，最相契合。后官豫章，独书问不绝也。筱舫观察得其尺牍，爱而付诸石印，以广流传。予在江右时，与撝叔书札往还，亦积数十通，安得附骥以垂不朽，试质诸小长芦主人为何如？"跋张叔未尺牍云："吾家叔未翁，金石文章，照耀海内。即零星小简，亦必详志岁月，钤用名印。此三十八通，装成二十四页，乃秀水朱梦泉丈旧物，今为其甥姚叔廉所珍藏者也。内有秋泉款一札，暨论诗一札，均致于辛伯茂才。茂才名源，字秋泉，后更字辛伯，工诗，著有《一粟庐稿》《灯窗琐话》《柳隐丛谭》等。书札中余三，姓岳，名鸿庆，能诗，约同人举鸳水联吟诗社者也。墨林姓徐，皆与梦泉丈同时交好。予年二十余，即识梦泉丈。丈工画花卉，笔力遒劲，神似白阳山人，亦俶傥爱交游。所居嘉树堂中，宾客恒满。庚申后避兵沪上，犹得时时握手，惜无后，叔廉为之搜拾丛残，祭扫坟墓。清明近矣，一盂麦饭，幸免馁而。悲夫！"跋许侍郎赤牍云："竹筼老友，论交四十年，而遽诬陷于拳匪之乱。生平著述，毁失殆尽。寄余袁夫人哀辞一篇，已选刻《国朝骈体正宗续编》中，其至戚戚君藻兮。于朋好间借得往还书札，即以寿世。安石碎金，亦足千古，读是编者，其有高山仰止之思乎。"按张鸣珂，为清季同、光间人，距今数十年，未知以上所云之书札尚存留与否也。

龚翁以草纸作柬

龚翁以金石书法鸣海内，每次以艺品公开展览，必普遍发柬。其柬绝别致，一次用拭秽之草纸，印以仿宋字。一次作一断残碑石之拓本式，其风趣可知。

忌用蜡笺纸

作札最忌用蜡笺纸，因蜡笺纸不受墨，墨浮纸面，经湿手一抹，字迹无着。

革命书和禅理札

尝见吴芝瑛女士遗著，附书札多通，如上袁容盦，致汤蛰仙、端午桥、良赍臣、谢炳朴、徐寄尘，复神州女界共和协济社书，复女子北伐陈司令书，颇多关于革命及瘗葬秋侠等事，洵他日史料也。又芝瑛曾见姚惜抱致鞠溪中堂手札一，爱而欲购之，因值昂未得，乃亲临一通，制版印入遗著中，亦极可喜。芝瑛之夫廉南湖，作札清逸超拔，常作佛家语，与水竹村人往还函牍，大都涉及禅理。如云："有时焚香静坐，道服诵经，自拟羲皇上人，又似维摩方丈室中小南面王也。"又云："现治内典，读芝瑛所写《楞严经》卷五，恍若有悟，其文曰：佛告持地菩萨，当平心地，则世界地一切皆平；见身微尘，与造世界所有微尘，等无差别，乃至刀兵亦无所触云云。夫平心地者，大慈悲心是，大放舍心是。天下真平其心地者，屈指几人哉。众生业力如此，浩劫恶报方长，虽公以菩萨心肠，忍辱勇猛，身入宦海，强张慈帆，窃恐无缘，众生亦未易得度也。"又云："奉书欢喜顶礼而白佛，言我佛慈悲，具大愿力，度诸苦厄，再造世界，放厥光明。微尘自恧浅薄，未参圆觉。唯念阴阳错缊，天地大错，浩劫方临，如火如电。及今解脱，尚有因缘。如其挂碍，终竟隳落。以肉眼观之，世尊欲救众生，在先救洹水。欲救洹水，在使洹水自救而已。果能就此勇退，立证上乘。世间种种，如汤销冰，无复恐怖。从前种种，如月出云，了不障翳。云何纠缠，一切都解。"盖力劝村人归隐，不必主持钧轴也。

（十四）

李越缦笔札雄视八代

姚鹓雏词人推崇李越缦笔札，谓近百数十年笔札之学，未有专家，有正味斋以工整胜，石笥山房以艰涩胜，随园以流丽胜，惜抱以简洁胜，乃至王湘绮以诙谲胜，终未有卓然挺立，雄视八代者。尊客以东京立骨，运以西汉之气，其拔帜名场也宜哉。如与王珍甫，致雪瓯、琴严两比部，致吕庭芷，鹓雏称其字字深入汉人之室，而有夷然不屑之致，尤为难能。

蛇本无影弓误摇

《红豆书屋稗乘》，鹓雏之作也，曾述武夷有一狂者，烂醉詈及屏山先生刘彦冲，次日修书谢罪，先生不责其过，但于纸尾复之云："蛇本无影，弓误摇之。影既无之，公又何疑。白首如新，倾盖如故。"公真达者之词也，攫之充我丛话资料。

北平有笺谱妙品

北平某笺肆印有笺谱两巨册，有花卉，有山水，有人物，大都出于吴待秋、吴观岱、林畏庐手笔为多。印刷精佳，亦属妙品。

王弇州厌副启拒四六

王弇州《觚不觚录》有云："故事投刺通书，于柬面皆书一正字，虽甚不雅，亦不知所由来，而承传已久。余自癸酉起宦，见书牍以指阔红纸贴其上，间书启字。而丙子入朝，投刺俱不书正字矣。初亦以为雅，既而问之，知其为避江陵讳也。"又云："尺牍之有副启也，或有所指讥，或有所请托，不可杂他语，不敢具姓名，如宋疏之贴黄类耳。近年以来，必以此为加厚，大抵比之正书，虽简其辞而无他说。或无所忌讳，而必欲隐其名，甚至有称副启，一副二至三至四者，余甚厌之，一切都绝，即以我为简亵，亦任之而已。"又云："宋人诸公卿往返，俱作四六启，余甚厌之，以为无益于事。然其文辞，尚有可观。嘉靖之末，贵溪作相，四六盛行。华亭当国，此风小省。而近年以来，则三公九卿至台谏，无不投启者矣。渐次投部僚亦启矣。抚按监司，日以此役人。司训诸生，日以此见役。旨不能外谄谀，辞不能脱卑冗，不知何所底止。余生平不作四六，然未尝用此得罪。"

晋宋墨迹多吊丧问疾

"晋宋人墨迹，多是吊丧问疾书简。唐贞观中，购求前世墨迹甚严，非吊丧问疾书迹，皆入内府。士大夫家所存，皆当日朝廷所不取者，所以流传至今。"见《梦溪笔谈》。

你一日迟来我便泪垂

吴中冯子犹《玉胞肚》云:"频频书寄,止不过叙寒温别无甚奇。你便一日间千遍邮来,我心中也不嫌聒絮。书啊!你原非要紧的好东西,为甚你一日迟来我便泪垂。"情语缠绵,的是妙品。

瘦鹃烟桥之风景片

王一之游踪遍海外,与周瘦鹃友善。至巴西、至法、至德、至奥,每历一胜地,辄以风景函片寄周,瘦鹃宝藏之。又赵中任与范烟桥,交谊亦殊深挚。赵去国之美、之法、之意、之瑞士,亦随函投风景片。烟桥积存之,撰《卧游录》记其景迹。

瘦鹃拟泉下十书

瘦鹃以书信体为小说,曰《泉下归雁》,传诵人口。其小引云:"吾友黄秀峰,婚于去岁中秋日。其所爱曰张淑芳,识之五年,盖历劫情场而得谐好事者。婚后两心皆悦,伉俪之笃,得未曾有,予恒羡之。乃未及今年中秋而淑遽死,秀峰痛之,日抛眼泪无数。予与秀峰善,亦夙闻淑君贤,因代拟小书十通,以慰秀峰。吾之所言,或即淑君之所愿言者。芳魂不昧,其亦许吾为知言乎?"

弘一法师函

予获弘一法师函一通，字绝工整，钤印累累，下署月臂疏答。闻自事变后，弘一卓锡闽中，曾一度传其圆寂，实则海外东坡之谣，不足信也。

蔡子民遗札

蔡子民逝世矣，予藏其遗札一通，字迹亦殊工整，盖冷月画师转贻者。

邵次公门板作抵

邵次公作书，具名往往用邵瑞彭叩头，盖习惯使然也。闻次公有一趣事，当任北大教授时，午节无钱偿米铺，其寓所大门被铺中人搁去作抵，于是报告警区，传米铺掌柜，大加申斥，令将大门送还，并赔罪了事。传说如此，未知确实与否耳。

《花月尺牍》

《雪鸿泪史》与《玉梨魂》，为海虞徐枕亚之杰作，新文学家诋之为鸳鸯蝴蝶派者是也。两书均叙述何梦霞与梨娘一段哀艳故事。双方书札往还，无不情深若揭，语妙似环，当时读者为之醉心，两书不胫而走南朔。书贾乃用利时期，以他人所作之艳牍，借用枕亚之名而问世，名之曰《花月尺牍》。

从初遇园中致书寄慕起，而求婚、慰病、赠照、约游、贻物、成婚等等，并附覆札。情节贯串，亦仿佛一言情之小说也。

公议还之后世

梁溪邹翰飞《三借庐集》，亦附有书牍。如寄钱南铁、华若汀、徐泮芹、管秋初、沈弗之、秦澹如、乔定侯、黄式权等，凡二十通，颇多隽语。如云："每遇小楼花月，寒夜琴尊，引领长吟，辄思元度。"又云："孤陋寡闻，依人作嫁，残衫破帽，头脑冬烘。正如乞子穷途，虽冷炙残羹，但谋一日之饱。其余升沈穷达，绝不关心，偶有压线余闲，亦维作几句歪诗，唱几支俚曲。纵使米盐薪水，刻费筹商，然恐著想之余，无复人生趣味，故不如以淡定遣之。"又云："申江为天下俗薮，富商大贾，铜毒薰人。吾辈骨相清奇，有不可须臾居处者。"又云："种几竿之竹，养数尾之鱼。花木半园，图书一室。春秋佳日，与老妻稚子，引酒长吟，不使红尘吸入我耳，真所谓官还之朝，身还之我，命还之造化，公议还之后世者。饥来吃饭困来眠，此心有何妄想。"又云："大江南北，盲弦哑笛，充塞词坛。学温李者，有淫靡而无性情。学杜陵者，有牢骚而无忠爱。且有并不知诗，亦欲作词林之附属品者。昔温子昇从北方还，曾言北地无人，唯韩陵山一片石，可与共语，其余皆驴鸣犬吠耳。仆之不作诗词，亦是此意。"

秦砚畦公牍

最近故世之秦砚畦刊有《享帚录》，附书启数通，大都关于公益事宜，如募捐修某某桥，筑某某路，及筹办消防等启。剀切详明，洵公牍佳品也。

（十五）

金圣叹问猪长弗长

金圣叹玩世不恭，若生今日，其亦幽默大师欤！相传圣叹尝代人作家书云："分付娘子，细细揩揩，有人来借，切莫与他钉鞋。"又一札云："男出外托祖宗福荫，一路平安。圈里猪长弗长？母亲孕养弗养？家人若有空工夫，每日要搓麻绳三十丈，搭搭沿叶豆棚。家中光棍，切莫放进。光棍者，大兄二兄也。后门恶犬，须要谨防。恶犬者，大叔二叔也。黄豆与盐菜同食，有胡桃滋味，不可使南货店知。刘姑夫一路吃糕，不肯与我一块，此番不中，天理昭彰。忙中不写大萬字，写方字少一点之省文万字，刘字即劉字，慎勿认作九二码子，切嘱切嘱。"如此措辞，直堪喷饭。

矜奇炫异资笑柄

东海徐觉之《哑哑录》，述及有人乞其同乡友人带家书致其兄，作小启云："闻足下定于某日归宁，特奉一函，敬烦面交尊兄，勿勿不尽，弟某敛衽。"其友得书大骇诧，面诘之，则云："吾书无一字无来历也。钱起诗，才子欲归宁，棠花已含笑，吾用归宁二字，盖誉君为才子也。《三国志》注，袁术与袁绍书曰，神应有征，当在尊兄，《北齐书》后主纬居南宫，其弟琅琊王俨，从上皇胡后居北宫，尝于南宫见新冰早李，还怒曰，尊兄已有，我何竟无，后俨杀和士开，后主纬使人召俨，俨曰，尊兄若欲杀臣，臣不敢逃死。此自称其兄曰尊兄也。《说文》勿者，非里所建之旌，盖以聚民事，故急遽者称勿勿，流俗乃于勿勿之中加一点，谓为匆匆，沿误已久，遂反以书勿勿为别字矣。至男子称敛衽，杂见于古籍中者尤多，《国策》江乙说安陵君曰，一国之众，见君莫不敛衽而拜。《史记·留侯世家》郦生劝立六国后，曰陛下南向称霸，楚必敛衽而朝。《唐书·后妃传》序，杨氏未死，元乱厥谋，张后制中肃几敛衽。苏东坡舟中听丈人弹琴诗，敛衽窃听独激昂。此皆男子称敛衽之证也。"按此因偶有心得，遽为标新，以启人诧讶。吾辈读书，固宜博洽，然时俗通用文词，亦宜酌量从俗，否则矜奇炫异，适资笑柄而已。

文史谜札和药名谜札

尝见谜札两通，颇具巧思。其一云："忆从卿别阿房（唐诗目——自君之出矣），时正鸿飞榆塞（《月令》——候雁北）。道侬去也，独挽青衫（唐诗——欲别牵郎衣）；念尔何之，感深红豆（古人名——子思）。溯前宵之欢会（花名——夜合），怅此际之离歌（花名——将离）。竟使目断长途，为咏鹍北鸱南之句（曲牌名二——《望远分》《惜分飞》）；嗣遇华晨月夕，益复无聊（《牡丹亭》——良辰美景奈何天）。则一缕情丝，牢牢缚定（自成物——蚕茧）。妒艳情于兰泽，打起鸳鸯（《桃花扇》目——眠香）；觅春色于花树，化为蝴蝶（《牡丹亭》目——寻梦）。或买春香国，顾影自怜（唐诗——花间一壶酒，独酌无相亲）；或剔焰银红，离魂难索（《西厢》——灯儿又不明，梦儿又不成）。兹尺笺传馥（花名——素馨），我则几转肠轮（药名——百结）；俟油壁先迎（花名——车前），卿必微开靥辅（花名——含笑）。佳期不远，我两人当互剖离怀也（曲牌名——《好事近》《双调诉衷情》）。二月六日（时令——长春节），如意郎（曲牌名——《称人心》），肃启（戏名——述白）。"又一专射药名，如云："游丝应候（藕节），花信惊心（防风）；江南与钱岭同春（苏合香），牛女与斗杓乍转（天南星）。芳草痕平（蘼芜），山绿尽描眉影（青黛）；丛箐翠滴（竹沥），海棠湿透燕支（红花）。聊为信口之谈（雌黄），继以阑珊之兴（续断）。仆寒毡旧守（茵陈），邺架空陈（百部），削残汗简（破故纸）。虽怀千里之心（远志），压尽香奁（花粉）；尚待十年之字（女贞），然而苦心独抱（莲子），野性难羁（马兜铃）。遂率意以涂鸦（草乌头），愿后尘而附骥（马落）。于是呕尽锦囊（血竭），剖来斑管（玉竹），孤檠疾写（灯草），一贯微参（贝母）。寓甲乙于毫端（木笔），还钞藏能成帙（藁本）。老先生（白头翁），名比谪仙（白芨），才如工部（杜若），便便经笥（大腹皮），滚滚词源（泽泻）。心自玉壶濯来（冰片），目信金篦刮过（决明），心心相印（预知子），如穿比相之胸（射干）；面面玲珑（八角），幻出东坡之影（大蓟）。悟针锋于雕棘（钩藤尖），迹自难寻（羚羊角）；参包相于拈花（佛手），头应乱点（石首）。金针暗引（磁石），碎宝堪淘（海金沙）。明知颜赧抛砖（赭石），幸勿技涅点铁（郁金）。蓬门谨扫（荜拨），定邀杖履随来（童便）；茅塞如开（通草），敢效琼琚报去（木瓜）。即祈赐答（旋覆），增我聪明。"

寄情人用香笺

笺纸杂以香料，置诸近火处，临颖香气缕缕，即封入函中。对方启拆，犹馥郁袭人，璇闺女子恒用以贻寄情人。

吴稚晖自谐刘老老

自命大观园中刘姥姥之吴稚晖，与人书札，往往诙谐百出。曩见其致梁溪丁芸轩画师长札，凡数千言，其中有云："八十岁之老太太，膝下无儿孙，长斋绣佛，本天下之至乐也。乃自以为苦命，而羡慕彼之孙曾绕膝者，不知孙曾绕膝之老太太，其庭院间大哭小喊，终无已时。以长斋绣佛之老太太一日居之，即颦蹙矣。"又云："弟之爱惜性命，遵陈颂平先生之训，欲张眼以观世变，虽阎王无论如何凶悍，可与抗者必抗之。"又云："我若做了阎王，凡有以医生及教习之资格勾到者，不必另取口供，即刻命付油锅，无所谓冤枉也。自然，今日之教习、医生，岂无一小部分，实在做得好事，尽可赏登天堂。弟曷为糊涂至此，尽付油锅，此实弟之过激。唯其所以过激之故，亦当恕我，盖因全世界大部分之教习与医生，无非牛马道中人也。"肆口骂世，固此老惯技也。予藏有稚老一札，则作庄语，反不及上札之可喜。

（十六）

玉人消息托双鱼

得家园讯息，人无不喜，而尤涉及意中人，则其喜慰更可知。《香畹楼忆语》："陈朗玉湖阴独游，啜茗看花，殊有春风人面之感。忽从申白甫处得紫姬芳讯，乃倚阑循读，记之以诗曰：二月春情水不如，玉人消息托双鱼。眼中翠嶂三生石，袖底金陵一纸书。寄向江船回棹后，写从妆阁上灯初。樱桃花澹宵寒浅，莫遣银屏鬓影疏。"

应时典故大可不必

作书务求简明，重要事宜叙于前。若昔之作书，于首必及时令，且必骈句。如春则云："东郊候气，北阙迎祥。"夏则云："荷香浥露，松影和风。"秋则云："气澄兰沼，风动桂林。"冬则云："黄醅绿醑，绛帐红炉。"他如社日、上巳、寒食、端午、七夕、中秋、重阳、冬至、除夕，则更运用应时典故，借以妆点，实则徒见累赘，大可不必。

痴情桐花笺

故陈蝶仙谱有《桐花笺传奇》，盖其友周子炎之实事也。周山阴人，工诗词，眷校书小凤，为榜其居曰待栖梧室。又赠以联云："小乔旧约伸公瑾，凤史芳名继阿涛。"足证其情爱之笃。奈小凤旋被假母携之他往，音问遂绝，周因自号吊凤词人。寓斋有梧桐一株，秋叶甚茂，一窗风雨，绮绪时萦。赋诗题壁云："一枝移向客窗栽，叶未成阴心漫灰。天若有情如此树，花开时节凤归来。"其痴情可想。然芳讯沈沈，愁怀渺渺，乃制桐花笺，笺上绘桐花一树，雏凤飞翔，作欲下不下之势。与人通讯，辄用之，此传奇之名之所由来也。

书秘密信二法

陈君凤蝶于某西杂志译得书秘密信法云："法有二，其一以 Phenolphtalein 酒精溶液书白纸上，字渐消失，用阿母尼亚水温之，即现赤字，朗然在目。然未数时，则又失去，绝无痕迹可寻。其二，即用唾沫书浅色纸上，及干，字即消于无形，必涂以 Nigrosin 水溶液，然后以水洗之，字方现出云。"按我国本有以浓矾水蘸之作书，水干字即隐去，浸以清水，又复现出，固与上法大同小异也。

闻尊臀大愈

相传有一笑话，某君患痔初瘳，友人寄一函云："闻尊臀大愈，不胜雀跃，先此敬贺，容当奉访。"雀跃固一典实，但用于此处，未免令人喷噱。

良晨笺联益笺

我友张枕绿曩年制良晨笺，有风景、国耻、新妆、裸女等类，以短小灵便，颇为时尚，今则销行已不及前之畅盛矣。同时又有陆文中之联益笺，有金石辑、明星辑、西湖辑、格言辑、名人书画辑，与良晨为一时瑜亮，兹则绝迹于市矣。

小笺率促平俗四忌

侯官吴曾祺辑有古今名人书札，分为二集，共六百余篇。

又复以书札中多长篇巨制，类非仓促为之，因念酬应之作，往往有拈毫吮墨，取办临时，是亦文人所当留意。爰取短简之佳者，裒为一集。多者不过三百余言，少者或数十字，名之曰《历代名人小简》。吴氏论小简，谓小简虽小道，然忌率忌促忌平忌俗，唯随笔所至，言有尽而意无穷，斯为上品。至若魏晋之世，传者虽多，然成寥寥十余言，全无意义。后人以其书法之工，从而宝之，此等殊不适于用也。

《历代名人小简》佳句

《历代名人小简》，摘佳句若干以见一斑。如杨涟狱中血书云："久拼七尺，不复挂念，不为张俭逃亡，亦不为杨震仰药，欲以性命归之朝廷，不图妻子一环泣耳。"归庄云："诗则花前酒半，山岩水涯，可触兴而成篇。若文章，此柳柳州所谓轻心怠心昏气矜气，皆所不可，必须积日澄怀静适，然后为之。"吕留良云："爱我者譬某浪游未返，晤言虽渺，笔札可通。见恶者譬某以为异物，不见其人，亦将置之不校。则恩怨可以胥忘，是非可以不论。"黎遂球云："弟行矣，罗浮梅花下，定不可无吾两人杖履。何时来，当于五仙人城相待。"左懋第云："万幸而有意外之加，则唯有一死以报君命，效宋之文天祥作地下游，留正气于千古耳。"吴麟徵云："耕无田，居无屋，仕路茫茫，前途亦未卜究竟，中夜念此，发安得不变白也。"鹿善继云："此段功劳，自在天地，遏之而愈扬，善妒者喙长三尺，只是为大英雄洗发精神耳。"又云："杯酒长檠，悲忠孝节义不谈，古色照须眉也。"周顺昌云："吾辈一身不足计，唯目睹六君子之惨毒，直使人肝肠摧裂，不复有处世之想。"赵南星云："求谕谓未脱燕赵气习，岂薄燕赵耶？世之人侧视媚行而诱富贵者众矣，求一慷慨节侠如燕赵之士，岂可得哉！"卢象昇云："名须立而戒浮，志欲高而无妄，殖货矜愚，乃怨尤之咎府；酣歌恒舞，斯造物之僇民。"杨继盛云："人皆知致身为忠，不知为天下爱其身，尤为忠之大者。"唐顺之云："世间眼孔甚小，其卑者，则既恋恋以保惜富贵为生涯。其高者，则又以兢兢守护名节为大事。而古人饥溺由己，沟中之推由己，一段学问，漫然不复知矣。"沈鍊云："不能出一言，道一策，以为朝廷国家。只知寻摘章句，雍容于礼度之间，谓责任不在于我。因循岁月，时至而不为，事失而胥溺，则汝等平生之所学者，更亦何益。"崔造云："仆婚嫁既毕，退身岩阿，静以营神，虚以顺命，与骨肉姻戚，蹈道为期，还复之中，庶乎返本。"张嘉贞云："比见朝士广占良田，及身没后，皆为无赖子弟作酒色之资，甚无谓也。"杜之松云："结庐人境，植杖山阿，林壑地之所丰，烟霞性之所适。荫丹桂，藉白茅，浊酒一杯，清琴数弄，诚足乐也。"王绩云："弃俗遗名，为日已久；渊明对酒，非复礼义能拘；叔夜携琴，唯以烟霞自适。登山临水，邈尽忘归。谈虚语玄，忽焉终夜。僻居南渚，时来北山。兄弟以俗外相期，乡闾以狂生见待。歌去来之作，不觉情亲；咏招隐之诗，唯忧句尽。幄天席地，友月交风。新年则柏叶为樽，仲秋则菊花盈把。罗含宅内，自有幽兰数丛；孙绰庭前，空对长松一树。高吟朗啸，挈榼携壶。直与同志者为群，不知老之将至。"昔贤之襟怀之面目之精神盎然于字里行间，诵之不觉动思古之幽情也。

王右军黄山谷书前后顿首

曾见王右军《亡嫂帖》："顿首顿首。亡嫂居长，情所钟奉。始获奉集，冀遂至诚。展其情愿，何图至此。未盈数旬，奄见背弃。情至乖丧，莫此之甚。追寻酷恨，悲惋深至。痛切心肝，当奈何奈何。兄子荼毒备婴，不可忍见。发言痛心，奈何奈何。王羲之顿首顿首。"按《黄山谷尺牍》中，往往有以顿首为端，复以顿首为末，前已言之。讵知此例早开，且重重叠叠以为之，但鄙见总认为不足取法。

善本书影笺

吴中沧浪亭畔之可园，设有图书馆。书多善本，名贵殊常。曾取书页制版，印成信笺，名曰善本书影，古色古香，迥异常品。自经事变，善本散佚，亦一文献上之大损失也。

（十七）

陈琳书愈曹操头风

三国陈琳为司空军谋祭酒，管记室。军国书檄，多所作也。尝作诸书及檄，草成呈操。操先苦头风，是日疾发，卧读琳所作，翕然而起曰，此愈我病。今有《陈记室集》辑本一卷传于世。同时阮瑀，亦管记室，文帝丕称为琳瑀章表书记，今之俊也。

维也纳紫罗兰舞会签名邮片

我友周瘦鹃之《紫兰小谱》有云："一九二二年四月二日之夜，奥地利首都维也纳淑斐社 Sotien Sael 之大舞场，举行紫罗兰般舞会 Viethen Ball。吾友王一之，方客奥京，亦躬与其盛。知予爱紫罗兰也，因以邮片倩到会同席诸名流一一署名其上，片端且有紫罗兰般舞会总理志谢之语，而一之与其夫人昭实女士亦署名焉。予于数万里外得斯一片，如获瑰宝也。"

寄书先数到时程

某前辈诗云："时局难言常太息，友书欲答尚多稽。"又张仲谋云："友书欲寄封仍在。"又诗人介景庵云："寄书先数到时程。"均情景逼真。

家书只道早还乡

明元凯京师得家书云："江水三千里，家书十五行。行行无别语，只道早还乡。"饶有古趣。

何逊王献之王百穀情书

情书以缠绵恳挚为尚。古人所作，可为今人之范典者，如何逊为衡止侯与妇云："帐前微笑，涉想犹存，幄里余香，从风且歇。掩屏为疾，引领成劳，镜想分鸾，琴悲别鹤。心如膏火，独夜自煎，思等流波，终朝不息。"王献之与柳氏妻云："相过终无复日，凄切在心，未尝暂辍。一日临坐自想胜风，但有感恸。"王百穀报马姬云："丹阳道上，尘高于马首，马矢与吴大帝陵齐。有湘君画兰在握，觉清芬冽然，不知行旅之困。"少许胜人多许。今人累累赘赘以为之，不能及也。

陶冷月钤印情通万里外

画师陶冷月作札，辄钤一印："情通万里外。"盖靖节句也。

印光将来作佛祖笺

顷蒙丁仲祜前辈见贻释印光札，札幅甚巨，左端印有印光用笺四字，眉端则印光所录永明大师四料简也。一："有禅有净土，犹如带角虎，现世为人师，将来作佛祖。"二："无禅有净土，万修万人去。但得见弥陀，何愁不开悟。"三："有禅无净土，十人九蹉跎。阴境若现前，瞥尔随他去。"四："无禅无净土，铜床并铁柱。万劫与千生，没个人依怙。"仲祜前辈藏有书札偶存，中以吴稚老手札为独多，盖前辈与稚老为同乡，交谊较笃也。

八行书信双行泪

溪西渔隐王祖余有"八行书信双行泪，六曲屏风九曲肠"之句，一时词人，相与传诵。

夫子释义

弟子致师，辄称夫子。夫子二字，始于《尚书》之"勖哉夫子"，犹言先生长者也，为尊卑贵贱之通称。而《鲁论》所指，多属师门，故遂相沿为师之专称。唯女弟子致师，称夫子似乎不妥。《孟子》："无违夫子。"盖夫子为夫人对夫之称谓也。

邮票始于一八四〇年

寄书用邮票，始于一八四〇年五月六日，试行于英国伦敦，至今夏恰为百年，邮票集藏家乃开会纪念之。

邮筒始于唐

邮局所设投寄信件之筒曰邮筒，此名由来甚古。贯休诗："尺书裁罢寄邮筒。"盖昔时已有寄信之筒矣。

王大错著《函海》

吾吴王大错著有《春雨楼尺牍拾存稿》，誉之者以《秋水轩》第二目之，林琴南亦称其清婉有致。后付梨枣，则易名《函海》。

邮政射谜

有以航空快信为谜面，射地名高邮。拆信，射地名开封者，殊妙。又有以外国邮件，射《左传》封不由中。开缄不尽缠绵恨，射《左传》信内怨多者，亦称稳适。

（十八）

星社制笺二种

星社为具有十余年历史之文艺团体，社友百余人，极诗酒风流之盛。一自事变后，社友四散，无复用作盍簪之会。忆社中曾制笺二种，一为十周年纪念时所制，中为"十年"二字，下为"中华二十一度七夕集孔宙碑字星社"。盖星社之成立，适为双星渡河之日也。一为故蜗牛居士制贻社友者，笺角有"星社蜗牛居士丁翔华题赠"数字。

英文版中国妇人之情书

瘦鹃所著之笔记中，曾记英国伊丽莎白·柯伯女士，尝有《中国妇人之情书》一书之作，由伦敦福立司书肆出版。全书以函札三十九通缀合而成。玩其口吻，固以出吾国闺人手，而由柯伯女士译为英文者。据柯女士言："作者为前清直隶总督某氏之女，芳名曰桂丽，嫁显宦刘某，情好綦笃。未几，刘某随振贝子周游世界，江南草绿，王孙不归，桂丽独处深闺，时兴蘼芜远道之思，征鸿过楼，遂多尺素，而每一著笔，辄作要眇含愁之音，盖闺中思妇语也。"柯女士又谓："距作书后之数年，其夫已为两江总督，政声甚著，而桂丽亦已儿女绕膝，备享天伦之乐。治家多暇，复肆力于慈善事业。唯深自隐讳，不欲为国人们所知耳。其作书寄夫时，芳纪甫十八，书中颇多至情语，兼及家庭间琐屑事。雒诵一过，令人想见其绿窗下，喁喁作儿女语时也。"兹摘译其第一通云："吾爱见之！自君之出，此山巅之屋，殆已丧其灵魂矣。在昔是屋固可宝，而今则已成一空窗之废殿。间尝独上高台，俯瞰山谷，则见谷中日已西矬，状若一赤金之球，写其修影于平畴之上，作深紫色。吾对此落照，乃知君今日又不归矣。嗟夫！吾傥弗能与君共者，晓色虽媚，直熟视而无睹。即此明艳之夕阳，亦不足以泽吾双眸也。然君勿以吾为弗怿，致益旅愁。吾百凡如旧，无异君在家时。每为一事，悄然自问曰，是足以悦吾夫乎？脱吾夫弗悦者，吾决不为此。日者梅姬欲斥去君平日所坐之长椅，谓此椅笨甚，徒足碍人手脚。而吾则不之许，必欲置于故处，俾长日相对，似见君高坐其上，方引火吸水烟也。彼小案亦时在椅次，不忍移去。君如欲取案头书翰，及君所嗜之酒者，展手即可及。梅姬昨复取短松一株，置高台上。吾见松，乃忆君语。君尝谓此松绝类一叟，儿时似屡屡受梃，故其背屈曲至是。斯语殊趣，吾至今忆之，于是立嘱梅姬移置此松于内院，以示亲稔。梅姬颇绳松美，谓有逸致。唯吾窃谓树干本修直，其美纯出自然，而今乃以人力缚之使曲，伛偻作老人状，是则已失其真，不足贵矣。"柯女士以小说笔调译之为英文，瘦鹃又复以小说笔调译之为汉文，致是书充满小说意味，惜不得其原函而一读之。

邮票始称人头龙头

同社胡寄凡著《上海小志》，述及邮信之起始云："邮政于光绪二十四年开办，初附设于江海北关。宣统三年，设专局在北京路，并设分局，由税务司兼管。沪上中下等社会，往往称邮票曰人头，或曰龙头。初不知其取义，后问之年老者，始知其得名之由，盖当中国未办邮政以前，外国先有一种书信馆，专为彼邦人交通便利而设者也。其邮票上印其国之元首肖像，故人呼为人头。迄前清创行邮票，上印一龙，故又呼为龙头云。"

林琴南书札散存

林琴南书札留稿不多，仅散见于《畏庐文集》中。如致唐蔚芝、蔡鹤卿、姚叔节、郭春榆、魏季渚、徐敏、陈太保、周生，暨示侄鬶鸿、儿珪等十余通。示儿珪谓此书可装池悬之书室，用为格言，盖皆训迪之辞也。

《嘤求尺牍》《小仓山房尺牍》

缪莲仙艮，武林人，撰有《嘤求尺牍》若干卷行世，《秋水轩》《雪鸿轩》等尺牍流亚也。此类中当以《小仓山房尺牍》为杰出，凡八卷，叙事简赅，吐属名隽，出袁简斋手笔。

陈眉公嘉言妙语

王献之以尺牍送谢太傅，谢辄批牍尾还之，见陈眉公跋冯白水书卷。《陈眉公全集》中，尺牍凡七十余通，与董玄宰者较多。尺牍中颇多嘉言妙语，如云："少年辈读书，当令以事证理，则路路生真聪明，步步得实受用。史者，天地间第一大账簿也，此账簿皆是六经注脚，幸诸郎君留意焉。"又云："当以扁舟载香烟夕照，同泛于新荻高柳之傍，吹一笛无孔曲耳。"又云："匏尊瓦枕，足供坦卧。恨不得造君草堂，一沸茗碗耳。"又云："日从句读中暗度春光，不知门外有酒杯花事。"其襟怀可见一斑。

（十九）

天虚我生工商文牍

故天虚我生著述宏富，据其目录有云："文牍荟存，积稿近二十年。卷帙过多，待选未刊、已刊十年，名《工商尺牍偶存》，由家庭工业社发行。"又有《文牍须知》一稿，散刊于某杂志。

梁任公学术书札

新会梁任公之《饮冰室文集》中，附有书札数通，如答飞生、答和事人等，洋洋洒洒，作学术之研讨，盖皆主《新民丛报》时恣笔为之者，又任公与嘉应黄公度相友善，鱼雁往还，殆无虚日，因于《丛报》中载师友论学笺，连篇累牍，大有可观也。

与其显贵毋宁山泽

收罗名人信札，而世袭珍藏者，颇不乏人，予固其中之一。然予意与其罗致显贵，毋宁山泽之癯，风雅之辈，较为隽逸有味。盖显贵什几出于记室之手，何必重此赝鼎。又与其当代名流，毋宁十年前之先辈。盖所谓名流，多用钢笔洋纸，以趋时尚，不若先辈之拈毫拂素，行间字里，饶有古香古色也。

智永书多伪作

智永书，多作伪以乱真，东坡考之云："今法帖中有云不具释智永白者，误收在逸少部中，然亦非禅师书也；云'谨此代申'，此乃唐末五代流俗之语耳。"书札之时代性，可见一斑。

南社诗人王均卿书

南社诗人王均卿与予通书，辄以生计如何为询，恳挚之情溢于言表。每一展诵，为之环回往复不能自已。先生既归道山，而予检点遗札，仅留其一，付诸装池，永为纪念矣。

吴趼人寄破袜

昔吴趼人流寓海上，贫困无以卒岁，乃脱足上破袜一，縢书寄友人，以告贷曰："袜犹如此，人何以堪。"一时传为笑柄。

文人末路千古伤心

著《恨海鹃声谱》说部之王钟麒先生，没世已多年。君皖之歙县人，历主《天铎报》《神州日报》笔政，著述宏富，惜什九散佚，无复有能搜集而刊行之者。君病笃时，有长别诸知好书云："呜呼诸公，尒生与诸公长别矣！溯自弱令以来，辄弄文翰。当前清之季，世变日非，窃窃忧之。每以文词，力图挽救，几濒于危。丁未入报界，时世态一变，益尽厥志。辛亥改革，世态复一变，乃创办《独立周报》，以正论与当世商榷。今夏兵祸，世态又一变，弥用怵然，乃至成疾。愤慨既深，势将不起。呜呼，'一棺附身，万事都已'，鲍明远之言也，'人生到此，天道宁论'，江文通之言也。文人末路，千古伤心，生为无告之民，死作含怨之鬼。忍痛书此，长与诸公生死辞矣。痛哉！尒生绝笔。"垂死哀音，闻之凄然。

黄晦闻斥刘师培美新之举

顺德黄晦闻，清季在沪上发行《国粹学报》，以保存国故提倡革命为职旨。鼎革以还，袁氏当国。热衷干禄之流，有所谓筹安会者，上劝进之表，为美新之举，刘师培亦会中人。君与刘友善，致书反对之，有云："革命之初，诸将解兵，陈书劝逊。清之臣庶，岂尽忘君，盖为改建民主，非让人以君位，是以不嫌而不仇，故根本解决，定于当日。今若复倡君主，则对于旧君，为有惭德，对于民国，为负初志。"又云："倾覆民国，是为内乱，聚党开会，是为成谋，斯议一出，动摇国本，召致祸败，心所谓危，愿因足下以告诸君，深察得失，速为罢止。"惜乎彼辈利令智昏，不之听从也。

王维别书停笔而绝

《唐书·文苑传》："维弟兄俱奉佛，居常蔬食，不茹荤血；晚年长斋，不衣文彩。得宋之问蓝田别墅，在辋口；辋水周于舍下，别涨竹洲花坞，与道友裴迪浮舟往来，弹琴赋诗，啸咏终日。尝聚其田园所为诗，号《辋川集》。在京师日饭十数名僧，以玄谈为乐。斋中无所有，唯茶铛、药臼、经案、绳床而已。退朝之后，焚香独坐，以禅诵为事。妻亡不再娶，三十年孤居一室，屏绝尘累。乾元二年七月卒。临终之际，以缙在凤翔，忽索笔作别缙书，又与平生亲故作别书数幅，多敦厉朋友奉佛修心之旨，舍笔而绝。"

曾南丰书札不亚苏黄

曾南丰笔札之妙，不亚于苏黄。其《类稿》中有寄欧阳舍人书，因感欧公铭其大父而作，故书中多推崇欧公之语。然因铭其大父而推重欧公，其推重欧公，正是归美大父。立言措词，便加人一等。为文纡徐曲折，愈转愈深，以余波作结，洵神化之笔也。

（二十）

枇杷误书琵琶

昔有答友惠枇杷误书琵琶札云："承惠琵琶，开奁骇甚，听之无声，食之有味，乃知古来司马泪于浔阳，明妃怨于塞上，皆为一啖之需耳。今后觅之，当于杨柳晓风，梧桐秋雨之际也。"谐谑出之，令人喷嚏。

雁燕鸽犬寄书与转言鸟

偶阅徐应秋《玉芝堂谈荟》，有雁足系书一则云：宋咸淳癸酉，元国信使郝经，被留真州，南北隔绝者十五年。时居中勇军营新馆，有以生雁馈者，经因作诗，以帛书云：零落风高纵所如，归期回首是春初。上林天子援弓缴，穷海累臣有帛书。并署年月姓名，通五十九字，系雁足纵之。寻为北人所得，以献其主，遂大举而伐。越乙亥，宋社屋矣。顾如郝经之雁，乃实有之，而元主亦竟得之，是可异也。岂无南北兴亡，天意固已有在，偶然之际，有不偶然者寓乎。见

《梦蕉诗话》。长安女子郭绍兰，适任宗贾于湘中，数年不归，绍兰睹堂中有双燕，戏于梁间，长呼而语于燕曰，我闻燕子自海东来，往复必经湘中，我婿离家数岁，蔑有音耗，欲凭尔附书可乎？言讫泪下。燕飞鸣上下，似有所诺。兰复问曰，尔若相允，当泊我怀中。燕遂飞于膝上。兰遂吟诗一首，小书系于足上，燕遂飞鸣去。任宗时在荆中，忽见一燕，飞鸣于头上，讶之，燕遂泊肩上。见有一小封书系足，解而视之，乃妻所寄诗，宗感而泣下，次年归。见《开元遗事》。曲阜颜清甫，尝卧病，幼子弹得一鸽，于翎间得书一缄，乃真定郭某寄其子曲阜令禹家书也。时禹改平远县矣。鸽未及知，盘桓寻见，遂遇害。清甫直抵禹所，致书与鸽。禹曰，育此鸽十七年，凡有家书，千里能致，诚异禽也。见《百家风》。世传张九龄少时，家养群鸽，每与亲知书信往来，以书系鸽足上，依所教之处飞往接之，九龄目之为飞奴。又陆机有犬，名黄耳，能传书，不独雁也。元藏机有二鸟，类黄鹂，每翔翥空中，机呼之即至，或令衔珠，或令受人语，乃谓之转言鸟。

鬼寄书

《三借庐笔谈》有鬼寄书一则云："胡苣孙画士，尝言其祖与蒋生某善。后以蒋从某大令为长随，胡鄙其行，交遂绝。数年后，偶遇于涂，蒋华服要遮入酒肆。且谢曰，几年贬节，致友好背盟，今痛悔前非，已不为门下客，幸再赐青顾。言已，出翡翠鼻烟壶倾烟奉胡。胡终以故好，咎蒋之意顿消。但问现作何事？居何处？家中无恙耶？蒋曰，家中但托庇，某近为司卷官，有一书，烦君代寄某巷第几家，与某姓同房者，即舍下也。随出一函付胡，少饮，即匆匆别去。胡姑袖往至其家，妻缞绖出。胡甚讶，因道其故，出函付之。妻惨然曰，伯得毋误耶？夫亡三年，今将服阕矣。胡更疑，代启其函。但见楷书一行云：官如此，吏如此，民亦如此；已如此，可以不如此。果蒋亲笔也，相与惊异而返。孙铁生为予言。"事虽荒诞，作为谈助，未始不可也。

（二十一）

糖僧大食摩尔登糖

曼殊上人嗜糖成癖，有糖僧之号。致某君书有云："今日大食摩尔登糖，此茶花女酷嗜之物也。"

林屋酬寒云雅谑

曩时林屋山人门下多女伶，红粉盈前，金钗环侍，山人则倾白兰地酿，引以为乐。寒云笺致之云："章哥大鉴，除夕作何事，行何乐耶？想双云绮丽，兄自得佳趣矣。对大姨吃团圆年夜酒，潇湘一曲，美酒一樽，可羡，鼓砚如何？今晚宠过一谈，则甚盼。耑此，祗颂春福。文顿首。"林屋酬寒云笺云："石鼓歌成腊鼓催，潇湘昨夜等闲回；朝元不预催花宴，韩琥何曾侍酒杯。"雅谑出之，殊可诵也。

厨中无米不负梧桐月色

明屠长卿仪部致友书云："园种邵平之瓜，门栽先生之柳。晓起呼童子，问山桃落乎，辛夷开未？手瓮灌花，除去虫丝蛛网。时不巾不履，坐北窗，披凉风。忽见异鸟来鸣树间，小倦竹床藤枕，一觉美睡，萧然无梦，即梦亦不离竹坪花坞之旁。醒而起，徐行数十步，则霞光零乱，月在高梧。妻孥来告，诘朝厨中无米。笑而答之，明日之事，有明日在，且无负梧桐月色也。妇亦颇领此意，相对怡然。"襟怀如此，安得不令人羡煞。

旁贝城古情书

某年意大利人开掘旁贝古城，发见两千年前之古情书，书刻于象牙版上。其中一通，为一贵家女子致一著名力士施却克司者，有云："君岂美貌大神爱普罗所托生乎！君之貌与神力，顿使我粪土平日所见之男子。我尚在妙龄，虽垂青于我者众，我却藐之而不屑与于颜色。亲爱之君乎！我候君埃及女神庙畔，君其惠然肯来。"

袁项城书语澹泊言行不符

言行不相符，为士君子之大病。而利禄薰炙，尤足堕人节操而不自觉。即以袁项城而论，读其平日书札中语，未尝不澹泊自甘。如与兄世勋云："此次归国后，将披剃入山，往崂山清宫修道以终，不再恋恋于禄位矣。"又云："家乡苟有空地，邻近本宅者，代弟购置。价值不论多寡，唯以能筑园林为贵，整备将来退归林下，亲率儿辈，莳花刈草，种竹养鱼，以娱晚景，其乐不啻登仙矣。"与弟世彤云："从此黄粱梦醒，还我遂初。拓园林以养天年，扶桑榆以娱晚景。春秋佳日，与吾弟花前把盏，松下弹琴。"与阮斗瞻云："伏处洹上，小筑园林，种竹养鱼，莳花刈草，虽无金谷之铅华，却有桃源之清趣。"与母书云："侥幸满任后，即当陈情乞休，归里养亲，不愿浮沉宦海中，久作此烦恼生涯也。试思李爵帅如此功高望重，声名满天下，门生遍朝野，只因贪恋禄位，以致晚年身败名裂。男但得还家无冻馁忧，即不再作干禄想。特不知此愿何日能偿耳。"澹泊如此，方诸古之隐遁者流，亦毋多让。然既任大总统，揽权自专，引起军阀哄斗，内讧不已。致全国黎庶，悉受其殃，而犹不自忏。更进而登九五之尊，过皇帝之瘾，致八十三日之洪宪，以促其寿。与平日书札中所谓李爵帅身败名裂者，若出一辙，岂不大可怪哉。

沈三白陈芸"愿生生世世为夫妇"对印

沈三白《闺房记乐》有云:"是年七夕,芸设香烛瓜果,同拜天孙于我取轩中。余镌'愿生生世世为夫妇'图章二方,余执朱文,芸执白文,以为往来书信之用。"三白与其夫人陈芸,笔墨俱清隽,深惜其往来书信,未能供我人一诵耳。

章式之《霜根遗札》

长洲章式之刑部,与桂舫殷君善,书札往来不绝。刑部死,殷君哭之恸,乃检遗札若干通,付装池,制成长卷。因刑部晚号霜根词客,故曰《霜根遗札》。海内士大夫题跋者,约数十家。

读父母情书

某君述一笑话:"会稽某氏女,性滑稽。一日搜得其父未婚时,寄与其母之情书一纸,持就母前朗诵之。唯至其母之小名,则易以己名;于其父之名,则臆造一男子之名以代之。诵毕,其母怒甚,顿足而詈。曰如是媟亵之文词,岂可投诸青春弱女之前乎,此辈狂士,宜亟绝之!某女不答,以书与母,俾自阅之。其母览毕,面为之赧,竟不能作一语。"

袁永之尺牍佳品

学友袁容舫以其先德永之公集见示,永之与唐子畏、文徵仲相往还，名震里闬。集为明刻本，入清无翻印者，今已流传绝少矣。集中尺牍凡若干通，如复大司寇兰溪唐公书，上大司马增城湛公书，上李献吉书，复大中丞金陵启公书，复大司空安仁刘公书，与高吏部子业书，与王履吉书，复赵会元景仁书，复屠太史文升书。或论诗，或谈政，皆佳品也。

《历代名家尺牍》

曩见某书局曾刊印《历代名家尺牍》，凡八册，分周秦、两汉、魏晋、六朝、隋唐、宋金元、明、清。选名家之作，短长骈散，各擅其妙，并附各家小传。可以知人论世。今已不多见矣。

米颠书拜字必拜之

陈眉公之米襄阳《志林序》，有云："寄人尺牍，写至'芾拜'，则必整襟拜而书之，而公之颠始不诈。"洵属趣闻。

展玩朋好贻书之情趣

朋好贻书，务须黏存，则明窗净几间，出而展玩，仿佛数十百人之言动状态，涌现于予眼前。且字体不同，标格各异。有瘦劲如铁虬者，有拙朴如古彝器者；或温润如花之垂露，或雄健似剑之拔而弩之张。或严正似直士之靴笏立朝，而幸臣违避；或妩媚如夭桃满树，美女游春，绣陌钿车，人窥颜色。

致趣种种，聚于尺幅之间，非其他纪念品所得而及也。

锦庭公集存信札册

先大父锦庭公，凡朋旧致书，择其隽雅者，辄黏存之，都若干册。其时予尚幼，不知累累者之可珍，殊忽视之。一自锦庭公弃养，若干册散失净尽。今日追忆，甚为惋惜。

（二十二）

李光遭谪不作儿女态

宋高宗朝，李光参政，与秦桧不合，贬琼州。孝宗时，追谥忠简，有《李忠简公家书》。陆剑南为跋云："李丈参政罢归乡里，某年二十矣。时时来访先君，剧谈终日。每言秦氏，必曰咸阳，愤切慷慨，形于色辞。一日，平旦来，共饭。谓先君曰：闻赵相过岭，悲忧出涕。仆不然，谪命下，青鞋布袜行矣，岂能作儿女态耶！方言此时，目如炬，声如钟，其英伟刚毅之气，使人兴起。后四十年，偶读公家书，虽徙海表，气不少衰。叮咛训诫之语，皆足垂范百世，犹想见其道青鞋布袜时也。"《李忠简公家书》，予未之见，不知世有传本否也。

东坡为简牍圣手

东坡为简牍圣手，人咸推重之。如宗子相云："东坡尺牍擅场，无论宛折得情，即调笑语，俚俗语，转有奇趣。"元植云：
"坡公简牍，萧然下笔，即事成韵，如天未道人，风神隽远。
每拈一二，味赏不能自已。"吕雅山云："坡公书翰，恣情纵笔，
极潇洒变态之妙。"鹿门云："子瞻上执政书，其所自持处嶻
然。"梅圣俞云："答少游书疏率有高韵。"

吴下懒仙辑《冰雪携》

吴下懒仙卫泳，辑晚明百家小品，名《冰雪携》，附有书札。
如谭元春答袁述之书，沈承与山阴王静观，陈弘绪与吴众香
书，闻启祥西湖船会启，黄端伯请侯广成督学游庐山启，万
时华与徐念儒，郝敬再答田肖玉等，皆极隽永有味也。

袁寒云与张丹斧论金石书

袁寒云与张丹斧，均嗜金石，二人往还论金石书，极精审，
曩时某杂志曾制版印布之。

林纾蔡子民新旧文学之争

新旧文学之争，形之于函牍者，有林纾致蔡子民，蔡子
民复林纾二书。林谓："天下唯有真学术，真道德，始足称树
一帜，使人景从。若尽废古书，行用土语为文字，则都下引
车卖浆之徒所操之语，按之皆有文法，不类闽广人为无文法
之喝啾。据此则凡京津之稗贩，均可用为教授矣。若《水浒》

《红楼》，皆白话之圣，并足为教科之书。不知《水浒》中辞吻多采岳珂之《金陀萃篇》，《红楼》亦不止为一人手笔，作者均博极群书之人。总之，非读破万卷，不能为古文，亦并不能为白话。"蔡谓："大学教员所编之讲义，固皆文言；而上讲坛后，决不能以背诵讲义塞责，必有类于白话之讲演，岂讲演之语必皆编成文言而后可欤！吾辈少时读《四书集注》《十三经注疏》，使塾师不以白话讲演之，而编为类似集注类似注疏之文言以相授，吾辈岂能解乎？若谓白话不足以讲《说文》、讲古籀、讲钟鼎之文，则岂于讲坛上当背诵徐氏《说文系传》、郭氏《汗简》、薛氏《钟鼎款识》之文，或为编类此文言而后可，必不容以白话讲演之欤？又次考察大学少数员所提倡之白话的文字，是否与引车卖浆者所操之语相等。白话与文言，形式不同而已，内容一也。《天演论》《法意》《原富》等，原文皆白话也；而严幼陵君译为文言。小仲马、狄更斯、纪德等，所著小说皆白话也，而公译为文言。公能谓公及严君所译高出于原本乎？若内容浅薄，则学校考试时之试卷，普通日刊之论说，尽有不值一读者，能胜于白话乎？且不特引车卖浆之徒而已。清代目不识丁之宗室，其能说漂亮之京话，与《红楼》中宝玉、黛玉相埒，其言果有价值欤？熟读《水浒传》《红楼梦》之小说，能于读《水浒传》《红楼梦》之外，为科学哲学之讲说欤？公谓《水浒》《红楼》作者，均博极群书之人，非破万卷不能为古文，亦并不能为白话，诚然诚然！北京大学教员中，善作白话文者，为胡适之，钱玄同，周启孟诸公。公何以证知非博极群书，非能作古文，而仅以白话文藏拙者。胡君家世汉学，甚嗜作古文。虽不多见，然即其所作《中国哲学史大纲》言之，其了解古书之眼光，不让于清代乾嘉学者。钱君所作《文字学讲义》《学术交通论》，皆古雅之古文。周君所译之《域外小说》，则文笔之古奥，非浅学所能解。然则公何宽于《水浒》《红楼》之作者，而苛于同时之胡、钱、周诸君耶？"二书详证曲辨，各洋洋数千言。中学生徒类能诵之，盖已取为教材矣。

（二十三）

梁启超跋《左文襄公书牍》

周印昆藏《左文襄公书牍》，梁新会跋之云："《左文襄公书牍》三册，皆公上其外姑周太君及致其妻弟汝充、汝光两先生者也。公殁后三十余年，汝光先生之孙印昆始搜缀装池，自宝袭焉，且以遗子孙。启超谨按：公微时，馆甥于周者且十年，其间常计偕如京师，授学陶文毅家，抚其孤，理其产，后乃入骆文忠幕，渐与闻国家事矣。而筼心夫人犹依母居，女公子亦育于外氏，故公与周氏昆弟，分虽姻娅，而爱厚过骨肉，其视周母若母也。此三册者，则当时十余年间所相与往复也。其间以学业相砥砺，以功名相期许者，固往往概见。

而其泰半乃家人语，谋所以治生产作业，计农畜出入至纤悉。盖文襄自始贫无立锥地，其俨然成家室，无恤饥寒自此时也。昔刘玄德论人物以谓求田问舍，为陈元龙所羞；而躬耕之孔明，则三顾之，抑何以称焉。吾又尝读《曾文正公家书》，其训厉子弟以治生产作业，计农畜出入至纤悉，殆更甚于左公书，又何以称焉。盖恒产恒心之义，岂唯民哉，士亦有然。士不至以家计攖虑，乃可以养廉，可以壹志，而恃太仓之米以自赡畜者，其于进退之间，既鲜余裕矣。印昆与启超同生乱世，不能为畸处岩穴之行，寒苦盗窭，而以任天下事自解嘲，其视昔贤所以善保金玉者何如哉！吾跋斯册而所感仅此。后之览者，亦可以知其世也。"予藏有左札一通，乃致小轩者。作行书，茂美可喜。

葛状元代写离书被削科名

清梁恭辰《北东园笔录》，有代写离书一则云："宁波葛观察，为诸生时，每赴学塾，过路旁一庙，必揖而去。神托梦于庙祝曰，葛状元过此必揖，我起立不安，其为我筑一屏于门。庙祝将鸠工，复梦曰，无庸，葛代人写离书，已削其科名矣。盖里有弃妻，葛得其一金而代为之也。葛闻庙祝言，为力完其夫妇，后登乡榜，官至监司而止。"

金虏千金求斩秦桧书

《鹤林玉露》云："胡澹庵上书乞斩秦桧，金虏闻之，以千金求其书，三日得之。"书之价值，千古无有逾于此者。

胡介生寄书附近诗

先师胡介生先生寄友书，往往附录近诗，因有句云："友书迟未寄，且待续诗篇。"又得家书有云："屋后梅花盛开，一日如雪，数年来未之见也。"有句云："宿疾难图如蔓草，故园惜别又梅花。"盖其时先生掌教吴中省校，而其家在玉峰阆乡，相距百里之遥也。

写好家书不易

写家书，大都不经意为之，唐荆川与茅鹿门书有云："直据胸臆，信手写出。如写家书，虽或疏卤，然绝无烟火酸诣习气。"但家书要写得好，却亦不易，此所以只有曾文正家书，郑板桥家书，名重艺林。中等学校，往往以两家书规定为学生课外补充读物也。

神秘祈福书

数年前有所谓祈福书者，谓获此书可得种种幸福，然须照样书九份寄贻朋好，否则灾殃随之。因此邮片纷来，大都为祈福之举，书不具名。得之者，不知为何人所寄，亦殊神秘已。

得紫罗兰少年不解温存

英国窦哈姆城中，有少年得其情人书，内附紫罗兰一小束，异之，不审个中寓有何意也。因举以询伦敦《琐录周刊》主笔，主笔答之曰："紫罗兰者，贞静之表记也。君之情人以此花相寄，殆以静女比君，谓君羞涩不解温存耳。"见瘦鹃之《紫兰小谱》。

大漠诗人游仙诗

我友顾佛影游仙诗云："百丈银河泻碧虚，偶檠兰桨荡飞庐；钓来东海双红鲤，腹有仙郎尺素书。"佛影别署大漠诗人，自事变后入蜀，久不通音问矣。

朱家角哀情故事

故天虚我生著《玉田恨史》说部，海内传诵之。该说部非空拘楼阁，乃根据钝根一函而演衍之耳。钝根函云："内弟李君，名昌海，字澄清，江苏青浦县之朱家角人。秉性醇厚，善事父母。尤好学，留心国事，论世具特识。肄业吴淞复旦公学，译著甚富。光绪三十四年夏六月十八夜，因纳凉得伤寒症，七日而死，年仅二十一岁。妻黄氏，少于李君一岁，同邑之玉田村人，工书善绣，能谱风琴，当以李君亲制之歌，依声和之。其伉俪之笃，概可想见。李君病危，夫人愿以身替。及其死，乃于焚衣时自投于火，家人趋救得免。自是朝夕号泣，哀毁无状。抚李君所遗琴书，不胜悲痛。常卧床絮絮，对影自语，啜泣终夜，闻者酸鼻。或于月夜倚楼，仰天痴望，泪涔涔湿襟袖，更阑不自觉。其姑唤之，乃如梦醒，投床大哭，一恸欲绝，如是者不一次。翁姑劝之，则唯唯否否，但求速死。居恒餤冷饎，饮冷水，后且时作冷水浴，单衣当风，战栗无人色。明年六月，疾果发，状与李君同，且于李君死日死，年亦二十一。说者谓精诚所感也。李君无后，夫人既死，其姑侯太夫人，心乃大伤，书空咄咄，辄呼子媳名与之语，若电话然，但闻此问而不闻彼答。晨起必入子媳寝室，为之搴帏叠被，命婢进盥具，拂拭几案维洁，夜则为之展衾下帏，至今行之已五年矣，未尝少替。哀此情状，乞为哀情小说，以体其苦衷。"天虚我生撰小说成，特揭此函于首，以当传概。

俞曲园尺牍隽逸

俞曲园著作等身，有《春在堂尺牍》四卷，极隽逸。

名媛艳姬尺牍缠绵

某书局曾刊印《古艳尺牍》及《续编》，搜集历代名媛艳姬尺牍，得百数十通。缠绵悱恻，读之令人口颊生香。且缀以小传，书以行楷，尺牍中之绝精雅者。

（二十四）

黄王之误烟烟之嘲

昔有一士人，姓黄，致书者误为王。士人作诗答之云："江夏琅琊未结盟，艹头三画最分明。他家自接周吴郑，敝姓曾联顾孟平。须向九秋寻鞠有，莫从五月问瓜生。右军若把涪翁换，辜负笼鹅道士情。"又某甲略识之无，辄喜弄文翰，一日作书致其姻亲某乙，姻字误作烟字，乙作诗嘲云："生性何尝解吸烟，雪茄鸦片总无缘。姻兄意把烟兄唤，黑籍沉冤大可怜。"甲闻之，不解所谓，喜弄文翰如故。

蒋箸超学理信札

亡友蒋箸超，在民元主持《民权报》笔政，颇著声誉。有遗札若干通，如与昂孙驳辨命论书，复家兄古香书，复友人论唐诗分体书，答梁楚楠书，答胡穆卿书，与褚曼非论历代小学家书，与笈云书，与林冬心论养生书。讨论学理，皆极精当。

谢尔翼《尺牍钞》

谢尔翼，明六会稽诸生，著有《尺牍钞》，予未之见。

解网放鲤为寄书

我友庄恫百，有《渔舟竹枝词》云："船头日日坐渔姑，解网先教放鲤鱼；为问侬家缘底事，要他寄与阿郎书。"绝趣艳。

集曲牌名书札

杨南村，民元时之名作家也。有集曲牌名拟寄外书云："赏花时节，怅望江南，缕缕金垂。魂断亭前柳色矣，绿意乍舒，飞绵搭絮，如捣练子。疏影暗香，玉楼春满，而杏花天气，未迎仙客。销金帐里，未免辜负海棠春色也。是以真珠帘下，芳意迟迟；不傍妆台，懒画眉宇。睹黄莺儿作对，粉蝶儿成双。固无时不望阮郎归来，趁此月上海棠，杯倾琥珀，一尽逍遥乐也。但金陵酤美酒，仙府舞霓裳人，骏马金络索，春服锦衣香。方且寻香柳娘，称好姐姐，备五供养。梦双蝴蝶，醉扶归来，恐未必于更转时，作桃源忆故人想耳。则薄幸之罪，妾不得不骂玉郎矣。兹因孤飞鸿便，寄一封书来，望郎踏莎行归，惯毋驻马听曲，闲却园林好景也。一片锦中，九回肠断，雁过沙川，便盼拨棹。书寄不尽欲言。"亦尺牍中之别开生面者。

歙人制《笺卉》

清黄山僧雪花尝以黄山所产诸卉绘为图，歙人吴菘因制为笺，有《笺卉》一卷。当时士大夫咸仿为之，邮筒往还，成为习尚。

翁覃溪大寒节不见客

顷见翁覃溪致慕堂札一通，有云："昨日枉驾，弟实非陪客，亦非头疼。乃一讲星命者云，大寒节一天，不可出门见客。其说不足信，而内人辈强欲信之，遂致昨日一天之客，皆托词不见，深可笑也。"夫贤哲如翁，犹未能免此忌讳，可知迷信之入人深矣。

谢安矫情看驿书

晋谢安为征讨大都督，指授将帅。兄子玄等既破苻坚，驿书至，安方对客围棋。看书竟，了无喜色，棋如故。既罢还内，过户限，心喜甚，不觉屐齿之折。其矫情镇物如此。

樊山谢张香涛赠婚费

樊山为南皮张香涛门下士。香涛之函牍，辄由樊山代为之。樊山以贫困故，娶妇殊晚，香涛赠以婚费，始得成其室家之乐。樊山致书以谢，有"来从朱邸，暖到青庐。拯曲逆之长贫，怜阮修之晚娶"等语。感激之忱，溢于言表矣。

吴中展览手札

曩年吴中文献展览会，多名贤手札真迹。可忆者，如申文定家书，申文定与王文肃手札，瞿忠宣公手札卷，韩文懿公手札卷，王文恪尺牍卷，周忠介公家书卷，吴文定公家书卷，韩氏五贤手札，三吴名人一百一家尺牍，明代吴中名贤尺牍，吴郡先贤十二家尺牍，申用懋手札，申绍芳家书，邹忠介、高忠宪、周忠介、魏忠节与魏文毅公手札卷。彪炳赫弈，耐人玩索。奈以时间局促，有如走马看花，为可憾耳。

书札恶用公笺

书札上印有某公司某机关字样，及电话号数者，最为恶俗。朋好遗书，有以上字样等者，予辄将周框裁去，然后留存，似较雅致。

时人作书距昔贤远矣

时人以时间经济，作书往往成于仓卒，不计工拙。以视昔贤之闲情逸致，所谈均属诗文雅道，至理名言，错杂于行间字里者，相去远矣。

夫子先生仁兄之谓

袁慰亭曾师事张啬公。及袁显达，致函乃改称夫子为先生。既而袁位至元首，更改称先生为仁兄，然啬公不之忤也。

沈寿不愿从张啬公函请

浙孝廉余冰臣之夫人沈寿，善刺绣，曾进绣品于清懿皇太后，蒙传旨嘉奖，分赐福寿字。张啬公爱慕之，延之至南通，充女工传习所所长。特辟附近濠阳小筑之谦亭以寓之。沈携有侄女粹缜，螟蛉女学慈暨女仆管妈妈为伴。啬公意不适，即致书于沈寿云："昨夜在露台，见谦亭西屋，灯光太细；又纱厨蚊太多，粹缜日日供蚊喙，不可。已加备一完全寝具于西屋，使于粹缜学慈，管妈可移东屋南厢内。"沈不愿独居谦亭，亟回校舍。啬公又致函云："汝定不回，我亦无法。即刻有裴请客，唯有归后，独至谦亭，一看可怜之月色耳。"且附谦亭杨梆诗二绝云："记取谦亭摄影时，柳枝宛转绾杨枝；不因著眼帘波影，东鲽西鹣那得知。""杨枝丝短柳枝长，旋绾旋开亦可伤。要合一池烟水气，长长短短覆鸳鸯。"以后致书，即称沈为谦亭主人。此事虽为啬公盛名之累，然以翰墨言，固绝妙好辞也。

（二十五）

美国村妇上德皇书

前次欧战，有美国村妇海娣古德烈上德皇一书，一时传诵，认为血泪文字。我友瘦鹃曾译之云："挚爱之德意志皇帝陛下。方吾拈笔作是书时，吾人皆安。所企望者，望陛下亦安耳。吾自有生以来，未尝见帝王之居，亦未尝见莱茵河之河流。唯于图画之中，偶一见之。吾所居村，在苔白留痕河上，度陛下亦未之见。其地幽蒨无艺，不为俗尘所溷。既无塔堡，并无望楼。但见人家屋顶，及礼拜堂尖阁，历历可数。四周缭以稻田，亦绝无炮垒片影，令人震怖。此间初无一帝一王，赫然临于民上。吾人居家，实自为君主；而家庭之乐，亦有过于称王南面焉。厅事间置最近之留声机片数事，谷仓中有汽车自由车一二辆，即为资产。吾家初无皇家宝库累累皆实异珍，而煤箱中积煤如小邱，庖厨间贮食亦富，即此已足自慰矣。吾家初无军国大事，但求村居清闲之乐。夏中以汽车驾言出游，纵观野食，心目都豁。入冬举家赴诗家谷，观纽约梨园中所编之喜剧，相与笑噱。终年家事，量日为序，亦一一循序而行，未尝或紊。礼拜日静听礼拜堂钟声，油然而生善念；礼拜一悉以所浣衣物曝之日中；礼拜二往学校中省视诸孙；礼拜三诣礼拜堂晚餐；礼拜四以午餐款客；礼拜五以果汁分饷贫家；礼拜六合家团聚，饮啖为欢。礼拜日则又倾听礼拜堂钟声，率以为常。陛下试思，吾家盖安乐极矣。今兹所欲质之陛下者，亦即有关吾家之安乐。陛下以何因缘，乃扰及此千万里外苔白留痕河上安闲自得之小村。此所谓战者，果胡事牵率及于吾人。吾人远居荒村，无关世变，不若诗家谷尚与世界潮流相迫近，有同盟罢工，有异乡之侨民，有杀人之霉菌等等。而吾村中，则一无所有，几与世界相隔绝。孰意此不仁之战神，遽展其血手以触吾也。即此战之一字，吾人亦不甚了解；但于儿时学校中读沉闷之历史课本，稍稍识之；外此则唯听老祖母偶述南北战争中一二故实而已。比长，尝以祖父所遗佩刀悬之儿曹室中，亦但目为陈饰之品，初非激励尚武之精神。犹忆某年炎夏，吾赴西郭避暑，而吾情人则将往古巴战西班牙人。厉兵秣马，跃跃欲出。吾大哭不听行，彼人始止。陛下于此，亦可知吾之深恶杀人流血事矣。今吾村中妇流，率皆与吾同情，但愿自适其适，不问世事。村中有文学俱乐部，叶子戏俱乐部，及慈善会等，已足资吾人消遣岁月。初不知陛下有开疆拓地之事，即彼所谓奥地利、波兰与白立顿奈者，亦未尝萦系吾心。俄罗斯去吾尤远，犹不若印度之详悉。因吾朋辈中有人作印度之行，尝来书述所见，故心目中遂有印度一地。时复有二三子壮游归来，侈言巴黎之繁华而吾人则漠然听之。若不措意，至陛下之雄风伟略，尤不甚了了。盖吾人各有所事，不暇顾及琐屑。而小村僻在美洲，亦去贵国远也。抑吾人不特不知德意志已也，即欧罗巴洲，亦在模糊隐约之中。第知此蕞尔一洲，为状绝怪，在地理书第五十页中。间或强记一二大国之首都，而转瞬即亦淡忘。唯私念他日有缘，会当一观欧罗巴洲之礼拜堂耳。吾人见闻既狭，所知者唯此美利坚中心之小村。而此美利坚者，已不啻为吾唯一之世界。以为大洋两片，足为屏藩。苟得安居其间，以终天年，乐已无极。有时虽动游欧之兴，寻亦置之。长日行田望岁，以谋什一之利。时或走相告曰，吾人但顾一家之事足矣，余事悉听世界为之扰扰矣为哉。顾如是未久，而彼可怖之八月至矣。累年积月，陛下之豪兴未阑，战乃愈烈。今则战事云西渐，竟腾布于吾国之空中。吾人初犹置若罔见，已而渐知警惕，摩眼起坐，终则霍然心动，一跃而起。今吾人已大彻大悟，洞知世界之真理。知此世界者，实为无数部分结合而成，而吾国即为个中之一部。部部相接，各有系属，脱损及一部者，势且累及其他。一部分获利，则他部亦被其福。陛下听之，今吾敢与数百万之国人，同致谢忱于陛下之前。一旦醒吾迷梦，豁然觉悟，而今而后，不得不与陛下树敌矣。吾之草此一书，即欲以此奉告。俾知吾村如一弹丸黑子，而亦知世界大势所趋。在昔似居大梦，今则醒矣。举国循此正直之途径，勇往直前，誓达公道之域，义无反顾，爰命吾三子执弞相从焉。"此次欧战，较前尤为惨烈，不知此村妇海娣古德烈犹存与否？殊可念也。

（二十六）

于成龙不为功名富贵

有清于成龙与友人荆雪涛书，由未到罗城县衙以前，至擢升四川合州止。中间历述众仆死亡，申禁捕盗等事。如江涛海澜，倏起倏落。无意为文，而文自雄杰诡异。其末语有云：

"自数年来，本非为功名富贵计。止欲生归故里，日二食或一食；读书堂上，坐睡堂上，首足赤露，无复官长礼。夜以四钱沽酒一壶，无下酒物，快读唐诗，痛哭流涕，并不知杯中为酒为泪也。"言虽悲而气壮。清端一生不为境遇所困者在此。

谢枋得《却聘书》

谢枋得孤忠亮节，宋亡，遁居闽山中。日麻衣蹑履，东向哭。元杜天佑致聘，丞相刘忠斋怂其受聘降元。枋得作《却聘书》以谢绝之。又有答程雪楼书云："大元制世，民物一新；宋室孤忠，只欠一死。所以不死者，以九十三岁之老母在堂耳。"合《却聘书》观之，忠孝可谓两全。

美国恋爱邮票

某杂志载美国有人上条陈于邮务当局，请发行恋爱邮票一种，专供作情书之用，并请邮局中对于粘贴恋爱邮票之情书，亦应特别快递云。

《莺啼序》代情书

故陈栩园丈以词代情书，《莺啼序》寄其所眷花云香眉史云："云香可人妆次，自别来安否？月圆时、曾肃芜函，殷勤专使缄去。并寄上、提琴一握，亲将小字镌弦柱。迄于今，未见环云，莫非投误。惜别匆匆，屈指早已，过中秋十五。

怅牛女、远隔天河，鹊桥不许偷渡。况文园、恹恹卧病，把
钿约、钗期都阻。更天天，雨雨风风，怎生调护。睡还不稳，
坐也无聊，自朝直至暮。苦忆煞、樽边浅笑，耳畔温语，鬓
角厮磨，琴心低诉。劳卿纤手，替侬绾发，象牙梳子香犹汗，
把良宵、平白轻挨过。高城一堵。而今望眼将穿，梦魂不肯
飞度。闷来遥想，酒绿灯红，尽缓歌慢舞。只料取回弦秋月，
一曲春风，便有周郎，更无小杜。鳅生薄幸，卿如怪我，还
须怜我休恼我。这墨痕中有啼痕附。肃此专问芳安，并候回书，
知名不具。"信笔写来，不受拘束，自是妙手。

拿破仑致约瑟芬情书

怪杰拿破仑家书中，有致约瑟芬书百余通，书中有云："吾
以数百万吻吻寄尔，并及尔狗。"又云："吾不日且归，当拥
尔于臂间，以一百万之热吻亲尔，其热度如在热带下也。"又云：
"吾以一千热吻，亲尔明眸，亲尔朱唇，亲尔妙舌，亲尔芳心。"
有计之者，全书中附有寄尔以一百万吻者凡五见，附有寄尔
一千吻者凡二十见，合之，共五百二十万吻。古人推屋及乌，
拿翁推爱及狗洵趣妙哉。

言情小简之佳品

钱塘陈云伯寄采鸾书，为言情小简中之佳品，如云："十
年以前，慕君之色；十年以后，爱君之才；经岁以来，感君

之情；一夕之谈，重君之德。湖山之友，闺房之侣，向唯鸥波，今则停云。不图此身，乃兼二妙，新诗在袖，别泪在襟。言念君子，如何弗思。奉别以来，风餐水宿，舟行六日，始达邗江。小住浃旬，当至袁浦。小诗一律，聊志襟怀。花气袭人，不宜起早，月痕感梦，莫爱眠迟。寒暖自珍，与吾无恙。临楮怅怅，不知所云。"两人情深一往，比之王伯谷马湘兰，毋多让焉。

袁中郎评点徐文长书启

徐文长集中，书启亦有数十通。袁中郎评点之。如与马策之，则评为"情恫飒然"。答李参戎，则曰"才情满纸"。与许口壮，则曰"远韵可爱"。与两画史，则曰"品藻堪人新语"。论玄门书，则曰"了彻之语"。奉答少保公，则曰"爱之深非言之诒"。答张翰撰，则曰"鼎足苏黄"。启严公，则曰"七襄天杼"。推崇如此，毋怪我家板桥翁愿为青藤门下走狗也。

（二十七）

龚定庵书笺恢弘奇肆

《龚定庵集》中，有与人笺八首，又与江子屏笺，与陈博士笺，答人问关内侯，答人求墓铭书，与人论青海事书，上镇守吐鲁番领队大臣宝公书，上国史馆总裁提调总纂书，与徽州府志局纂修诸子书，与番舶求日本佚书书，皆极恢弘奇肆也。

归熙甫尺牍

《归熙甫集》，曾三刻，其曾孙庄复增刻之，计文六百有五首，诗一卷，尺牍二卷。如致沈养吾、王子敬、傅体元、赵子举、潘子实、顾伯刚、宣仲济、俞质夫、李浩卿、唐虞伯等，以及上高阁老，上万侍郎，上王都御史，上宋明府，上方参政，计三十余通。

壮悔堂书不可不读

侯朝宗之《壮悔堂集》，书十有八首，其中如癸未去金陵日与阮光禄书，代司徒公与宁南侯书，中等学校相率取为国文教材，学者类能诵之。其他如答张天如书，贾静子评为"中有正论"。答孙生书，徐恭士评为"全乎八家，又不用史汉"。与任王谷论文书，宋牧仲评为"浑浑写来，直似说话，真所谓了然于心手者"。凡喜研究尺牍者，不可不展诵之。

龟八狗四琴一家信

相传有一家信笑话。某甲客他方，托友寄家信一封，外洋一百元，嘱交其妻，其妻即持信往某先生处，求其代解。某先生拆阅之，不着一字，但见画龟八头，狗四只，胡琴一把，莫明其妙，甚为诧异。某妻见某先生不语，问曰，信中云何？某先生曰不解，既而沉吟半晌，复问另寄他物乎。某妻答曰，有洋一百元。某先生顿悟，大呼得矣得矣，八龟六十四（龟与八谐声），四狗三十六（狗与九谐声），计之乃是百元；再胡琴一把，殆属汝勿与人拉拉扯扯耳。某妻闻言，羞赧而去。

梅子曹公鹅右军

吴人多谓梅子为曹公，以其尝望梅止渴也。又谓鹅为右军。有一士人，遗人醋梅与炰鹅，作书："醋浸曹公一瓻，汤炰右军两只，聊备一馔。"见《梦溪笔谈》。

左宗棠手札遒秀

予购得左宗棠手札一通，盖致小轩者，作行书，绝遒秀。玩其语气，似在军旅中书者。前辈好整以暇，于此可见。

方唯一遗札殊趣妙

方唯一已作古人，予藏其遗札，措辞殊趣妙，如云："晨而衔参，晚而归，与仲霭相对吟诗看书，便算事业。一肚酸酸，何从说起。恐怕将如春初残雪，带入土中，或竟荡成尘埃野马，与天无极。今日作中国老百姓，年少者上等只有读书，下则种田；老者做和尚。即不做和尚，亦闭户养年。"又云："老顽惜壮年未出洋，耳目浅陋，如犯半身不遂病，不能为世用。"

又云："数千金债压在身上，不忍负债主，强颜出门，非所好也。然亦度一日两个半日，不知料理几许，只好一篇糊涂账，付与后世再了。"又云："春雪必有好诗，老顽得数句，略有意味，然终不逮少时之天然。曾记某年除夕，缅唐先生结诗社，时雪后即出咏雪题，老顽作十首七绝，今皆荡为飘风矣，只有歌头曲尾，犹在肚子角里：畏寒犹拥重衾卧，听得邻家扫雪声。遥想画楼最深处，满帘飞絮咏诗声。独鹤不来人未睡，与梅秉烛度寒宵。今心粗气浮，转无此风趣。"

百美笺百卉图

清季，燕地有文美堂者，善制笺，有沈心海所绘之百美，又有百卉图，刻镂尤极工致，一时学画者，咸置备之以为范本，今已绝踪于市上矣。

抽丰打秋风

《七修类稿》米芾书札中，有抽丰云云，盖抽丰收之余也。世俗因称乱发帖子曰打秋风，所以谐音抽丰二字也。

骑而带架谓马上嫁人

有某妇者，其夫一重利轻别离之商人也。秋月春花，等闲虚度，而衾寒翡翠，煞是凄清。颇欲修一函以促夫归，然又苦之文未识。欲请人写，又羞答答殊难为情。不得已，于素笺上，画石一，鉛一，拂尘一，兰一，又画一人骑而带架。其夫接阅，不解其所谓；再三思索，殆恍然大悟，盖"若然弗来，马上嫁人"也。

<h2 style="text-align:center">（二十八）</h2>

文人好事代拟作札

文人好事，往往喜为古人作札，如拟山巨源答稽叔夜绝交书，拟范丹上石崇书，拟汉王嫱汉关别书，拟毕吏部醒后以书谢酒家，拟陶渊明谢督邮书，皆摹古人口吻以为之，非妙手不办也。又有出诸游戏者，如贺梅聘海棠启，土帝奶奶上玉皇大帝书，群婢子庆姨太太正位书，韦陀责沿门抄化僧人书，拟王壬秋与周妈书，社日与乌衣公子书，拟鳏夫与寡妇书，混世虫上磕头虫书，穷鬼与财神书，嫦娥遨游月宫书，汤婆子与竹夫人书，烟鬼与赌鬼书，松竹梅招菊花入会书，阴历致阳历书，张大帝寄女书，牛郎致织女辞不赴约书。光怪陆离，诵之解颐。

误书人名为大不敬

致人书而误书人之姓名，为大不敬。况夔笙一代词宗，已于数年前下世。一日有客柬邀赴宴，书况字为况，况大不悦，不作答，亦不赴宴；又有致书于朱彊村，误彊字为疆者，朱复书讥之曰："有土斯有财，有财斯有用，但不知此土为大土乎，抑小土乎。"误书者为之大惭。

章炳麟狱中致夫人书

章炳麟曾以政见不同，为袁项城所忌，囚之京师，在狱中致书汤国梨夫人，颇多感愤，录之于下："汤夫人左右，不通函件几四旬，以吾憔悴，知君亦无生人之趣。幽居数月，隐忧少寐；饮食仆役之费，素皆自给，不欲受人喂养，今遂不名一钱，延至六月，则槁饿而死矣！亦不欲从人告贷，及求家中寄资，盖如劳疗之人，不可饮以人参上药，使缠绵患苦，不速脱离也。呜乎！夫复何言。知君存念，今寄故衣以为记志，观之亦如对我耳。斯衣制于日本，昔始与同人提倡大义，召日本缝人为之。日本皆有圆规标章，遂标汉字，今十年矣！念其与我同更患难，常藏之箧笥，以为纪念。吾虽陨毙，魂魄当在斯衣也。亡后，尚有书籍遗稿，留在京师，君幸能北来一抚，庶不至与云烟俱散。自度平生，志愿未遂，唯薄宦两年，未尝妄取末分，犹可无疢神明耳。先公及太夫人墓，在钱塘留下村九条沙。自更患难，东窜蜗夷，违冢墓者八岁矣。辛亥旋归，半载中抵杭三次，皆以尘事迫促，又未及躬自展省，违离茔兆，遂十一年。今岁八月四日，则先公九十生辰也。自去岁初春，已拟及时为营佛事，以抒永怀，今遂不得果愿。君于是日，当为我谒祭墓前，感且不朽。吾生二十三岁而孤，愤疾东胡，绝意考试，故得研精学术，忝为人师。中间遭离祸乱，辛苦亦已至矣。不死于清廷购捕之时，而死于民国告成之后，又何言哉！吾死以后，中夏文化亦亡矣！家本寡资，谂君孤苦，能勤修自业，观览佛经，深自慰藉。此亦君之所能，而尊舅氏縠臣先生之遗教也。长老如汤蛰仙先生，至戚如龚未生，皆宜引以自辅。此二君者，死生之际，必不负人，其余可信者鲜矣。言尽于斯，临颖悲愤。炳麟白。"炳麟旋出狱，得不死，后若干年乃死于吴门。其所创办之太炎文学院，兹由汤夫人主持之矣。

（二十九）

梅觐庄痛驳胡适之死字死句论

胡适之与任叔永为文字交，任寄泛湖即事诗示胡。诗中有"言棹轻楫，以涤烦疴；猜谜赌胜，载笑载言"等句，胡即作书覆之云："诗中言棹轻楫之言字，及载笑载言之载字，皆系死字，又如猜谜赌胜载笑载言两句，上句为廿世纪之活字，下句为三千年前之死句，殊不相称也。"其时梅觐庄在绮色佳度暑，见之致书痛驳云："文字革新，须洗去旧日腔套，务去陈言，固矣；然此非尽屏古人所用之字，而另以俗语白话代之之谓也。足下以俗语白话，为向来文学上用之字，骤以入文，似觉新奇而美，实则无永久价值，因其向未经美术家锻炼，徒诿诸愚夫妇无美术观念者之口，历代相传，愈趋愈下，鄙俚乃不可言。足下得之，乃矜矜自喜，炫为创获，异矣。如足下之言，则人间材智选择教育诸事，皆无足算；而村农伧父，皆足为诗人美术家矣。其至非洲黑蛮，南洋土人，其言文无分者，最有诗人美术家之资格矣。"胡撰一千多字之白话游戏诗代答，有云："文字没有雅俗，却有死活可道。古人叫作欲，今人叫作要；古人叫作至，今人叫作到；古人叫作溺，今人叫作溺；本来同是一字，声音少许变了，并无雅俗可言，何必纷纷胡闹！至于古人叫字，今人叫号；古人悬梁，今人上吊；古名虽未必不佳，今名又何尝不妙，至于古人乘舆，今人坐轿；古人冠加束帻，今人但知戴帽。叫轿作舆，岂非张冠李戴，认虎作豹。"厥后往复辨难，凡若干札，载于现代中国文学史中。予有胡札一通，语体用标点，且属洋笺，与予所藏他札之纯乎其古者不同，乃别贮之。

林觉民就义绝命书

革命烈士林觉民，入粤谋起义，自分必死。某夜，宿于滨江之楼，君独挑灯草绝命书寄家，至破晓，始辍笔。翌晨，携嘱某友曰，我死，幸为转达。其绝命书，乃致其妇意映者，中多血泪语，如云："吾诚愿与汝相守以死，第以今日事势观之，天灾可以死，盗贼可以死，瓜分之日可以死，奸官污吏虐民可以死，吾辈处今日之中国，国中无地无时不可以死。到那时使吾眼睁睁看汝死，或使汝眼睁睁看我死，吾能之乎？抑汝能之乎？即可不死，而离散不相见，徒使两地眼成穿而骨化石，试问古来几曾见破镜重圆？则较死为苦也？将奈之何？今日吾与汝幸双健。天下人之不当死而死与不愿离而离者，不可数计，钟情如我辈者，能忍之乎？此吾所以敢率性就死不顾汝也。"按林字意洞，号抖飞，闽人。死时，年二十四，尚有告父老书，未之见。

信函封口文字

信函之封口，往往书"护封"，或"如瓶"，亦有作"丸泥""墨锁"字样者。

洋纸信封不如中式信封

用洋纸信封，不如用中式信封之较为妥善。盖洋纸信封，一经水湿，即失其黏合性，易于窃启也。不如中式信封，其缝纸稍行挑拨，便破裂不堪也。或有用针刺字于封口，亦殊严密。

樊山称石甫颠倒阴阳

樊山、石甫，俱以诗名，两人又沆瀣一气。而樊山致石甫书云："读和诗为之惊喜，吾妹若篇篇似此作法，下走避三舍矣。佩佩贺贺，除面叙，便请玉顾贤弟石甫五妹双安。"

称石甫曰五妹，称石甫姬人曰贤弟，颠倒阴阳，抑何奇特。

锦庭公以明信片手谕

先大父锦庭公以俭自恃。致予手谕，辄用明信片，盖取其邮资之廉也。手谕多勖勉恳挚语。自先大父弃养，予犹检存若干通，以为纪念；奈一再历劫，加之迁徙无常，致检存之若干通手谕，完全散佚，为之怅然无已。

（三十）

补安骚安

凡书牍之末，必请安道好，例也。然相交有素者，往往戏谑出之。如予曩年常为各杂志补白，社友来信，辄用补安。又舍戚无住致友某函，则请骚安，盖友为胡子，而谚有十个胡子九个骚之语也。

摸饭盖肉

邮局得一函，封面书寄"摸饭盖肉"。绿衣使者无从投递，后忽大悟，盖寄"模范监狱"也。

器重误作起重

无住曾为某巨公家西席，有高某致书，托为说项于某巨公之前。书中有阁下素为某公器重云云，而器重之器字，误书起字。无住即覆之曰，仆非起重机，某公家亦无重物须起也。

吴湖帆夫妇胜于秦嘉徐淑

蝶墅为吴湖帆夫妇作传，有云："徐淑者，为秦嘉妇，读其报嘉书，辄深关雎淑女草虫君子之思，可以笃人伦，匪若后世之谈香奁矜丽体者伦也。书才一通，而达情深思深无穷。今夫人之家祖孙父子夫妇昆季，工词者十余家，皆有专集以传，而夫人不矜平生，词十余首，若绿遍池塘草之句，其思婉，其致深，所谓咏萱草之喻，以消两家之优者，视淑何让焉。"湖帆刊印《梅影书屋画集》，即以此传冠首，予以其涉及徐淑书，因捃录之。

临颖神驰临纸徘徊

信末套语，有临颖神驰句。欧阳修与梅圣俞书，则作临纸徘徊。

清道人覆恐吓书

清道人曾居沪上北四川路安定里，以鬻书所得殊丰，匪徒垂涎之，致恐吓书有所勒索。清道人得书，坦然自若，札以答之曰："贫道无父母妻子之爱，而家人赖以养活者数十人。为人牛马，自苦特甚。倘荷见召，亦大佳事。但知必无人能为我备款偿赎者。贫道每晚必在小有天等处饮食。出入之道，不难明知，如何悉听尊便。"书法绝精隽，其仆金某不忍以佳札投诸匪窟，潜易书一通寄去，后竟无恙。

梅倩冒充女士

我友顾明道曩曾为某杂志撰稿，戏署梅倩女士。某甲读之神往，致书道渴慕之忱。梅倩女士以若即若离之辞答之。某甲更一往情深，再致书索梅倩小影，梅始表白其真相，某甲乃大惭。明道曾为予述之，相与拊掌。

杨维斗忠义之书

《太一丛话》载："吴县杨维斗，国变后，避居光福山中，忽被执，系之舟中，饿五日不死。作血书于衣遗其孤云，廷枢幼读圣贤之书，长怀忠孝之志，为孝廉者一十五载，生世间者五十三年，作士林乡党之规模，肩纲常名教之重任。惜时命之不犹，未登朝而食禄；值中原之有难，遂蒙祸以捐生。其年则丁亥之岁，其月则孟夏之中，方隐避于山阿，忽陷身于罗网。时遭其变，命付于天，虽云突如其来，亦已知之久矣。平生所学，至此方觉快然；千古常昭，到底终为不没。但因报国无能，怀忠未展，终是人臣未竟之事。尚孤累朝所受之恩，留此血衣，以俟异日。舟中矢志，不能尽言，四月二十八日。"忠义之气，充塞于文字间，是可与文信国衣带间自赞文同垂千古。

叶恭绰印信非叶部长不得取邮

叶恭绰曾一度为部长，某君致一挂号信与叶，封面书叶部长大启。及至，邮差例须于回单上盖印，符则给与。叶以名章恭绰钤之。邮差认为非部长二字，不肯将是信径交于叶。虽经种种证明，无效，信退至邮局。叶不得已，致电交通部，始得取领。亦云趣已。

为商人作函毋宁为妓女写情书

与其为商人作函件，毋宁为妓女写情书，此予友伯廉之言也，可谓先获我心。

柴霍夫屠格涅夫书信和欧洲名人情书

小说家柴霍夫有《柴霍夫书信集》，程万孚译为汉文，由某书局出版。屠格涅夫，与托尔斯泰同为俄之文豪，著有《屠格涅夫书简》，代青译，亦已刊行。又《欧洲近二百年名人情书》凡二百通，附小传，魏兰女士由德文译出，甚条达。

《白话书信》和《现代情书》

高语罕有《白话书信》，以浅显晓畅胜。又《现代情书》，张其珂编，皆属时代作品。

《书信选辑》和《三叶集》

《书信选辑》，语文兼收并蓄，自明代至最近，严约编。《三叶集》，田汉、郭沫若、宗白华三家合撰之尺牍也，中多讨论婚姻制度、自由恋爱诸问题。

蒋光赤宋若瑜通信集

《纪念碑》，蒋光赤、宋若瑜夫妇遗著通信集也，分上下二卷，上卷为宋致蒋书，下卷为蒋致宋书。

《知行书信》不寻常

不除庭草斋夫陶知行，刊有《知行书信》，语体者九十余通，文言者六通，发挥学术思想，不得以寻常尺牍目之。

（三十一）

名人尺牍二种

亡友王均卿先生曾辑有《当代名人尺牍》，又茧生辑《名人白话尺牍》，每种皆二册，今已绝版。

金属版印尺牍集

前人尺牍真迹，而以金属版印行者，有《古今尺牍墨迹大观》，凡十六册。又近代《湘贤手札》，龙伯坚藏本。又《冬暗草堂师友笺存》，陈叔通藏本。又翁松禅《相国尺牍真迹》十二册。又番禺《陈东塾先生书札》。又谭组庵论诗书手札，晴窗展玩，足以忘忧。

尺牍选集

函牍之辑，有姚汉章之《古今尺牍大观》《分类名家尺牍选粹》《分类历代尺牍选粹》，顾新亚之《近世名人尺牍》，卷帙皆甚繁多。

郑板桥镌酒痴章

郑板桥嗜酒如命，每至黄昏，无酒入喉，必起咳嗽呕吐，粒米难以下咽。因镌一石章曰"酒痴"。与弟墨书，辄于函尾钤用之以博笑。

邮票涂蜡作弊

世风日下，诈诡百出，邮书往还，亦有朋比为奸者。盖甲与乙通讯，互相暗约，在邮票上微敷蜡质，则邮局钤印通盖在蜡质上，受之者以指甲轻剔，蜡去而钤印亦随之俱去，邮票依然如新，不着些微印迹。如法炮制，作为回件邮票，可以连用数十百次，不致被局方察悉，法亦巧妙矣哉。

舔湿邮票大不卫生

作书札毕，粘贴邮票，往往用舌尖湿以唾液，实则邮票上之胶水，以动物之骨所制，动物有病与否，无从而知。且邮票之纸，用破布所造，秽洁与否，亦难断定。今贸然就口舐触，可谓大不卫生。最宜之法，以海绵蘸水为之，若手头无海绵，则毋宁滴少许茶汁，以指敷匀，然后黏附信函之上，较为妥善也。

大好头颅拼一掷

赵伯先与吴樾同为烈士，二人固相友善者也。伯先赠吴樾诗，有"大好头颅拼一掷，太空追攫国民魂"句，樾读而感之，与伯先书云："某为其易，君为其难。"盖皆以国士自居也。

书札可留存者三

书札之可留存者凡三，一重其人，二重其字，三重其文，否则无取也。至于作为纪念或考证，则属例外。

尺牍之瑰宝

清阮石渠随笔，述及黄道周尺牍，凡四札，后附道周妻蔡玉卿书道周诗。又李邦华尺牍册，凡五札，皆真迹，极可珍异。按邦华，别字懋明，江西吉水人，官左都御史，甲申三月十九日之变，缢于文信国祠中，年七十一，赠太保吏部尚书，谥文忠。又宋代《墨宝册》，徽宗二帖，苏辙行书尺牍，宋庠行书尺牍，谢克家草书尺牍。又宋元遗牍册，第一苏轼书，第二薛绍彭书，第三程元凤书，第四五叶梦得书，第六陈存书，是皆瑰宝不啻也。

征集天虚我生遗札

附小征求：海内同文如蒙以天虚我生遗札割爱见贻，鄙人当以其他名札为报，请寄劳勃生路养和村八号鄙人收，后至者璧还不误。

（三十二）

顾巨六藏札千余通

顾君巨六，曾搜罗有清一代名人手札，上自清初，中及中兴各名将，后逮光宣季年所有各家，大都齐备，计千有余通。或述朝政，或论学术，足备史乘文献。后闻让之于人，今不知流散至何处矣。

郑午昌《淞南吊梦图》和心丹女士遗札

我友陆丹林，与鉴湖韦心丹女士相友善。女士工刺绣，能诗词，擅丹青，后客死星洲。丹林悲悼之，倩郑午昌作《淞南吊梦图》以寄意，并宝藏女士平日所贻手札二百余通，视为唯一纪念物。丹林藏当代名人手札亦綦多，知予集藏手札，蒙以若干通见贻，殊可感谢也。

丁辅之藏王阳明手札

丁君辅之，收藏家也。有王阳明手札凡七纸，装为册子，一单页殊不雅观，乃倩吴缶老题跋，俾成八纸，洵稀世之品也。

西人不以手接信

西人好洁，故其仆役传递主人之信，不以手接，而盛之以盆，盖免沾污信封，使人见之憎恶也。

作书有密事浑写者

作书有所谓密事浑写者，所以防入他人之目而漏泄也。如陆建侯上赵尔丰书云："朔雁南征，春必返北。中流一水，可停舟待之。计发鹅鹳三百。谨禀。"盖建侯师至四川打箭炉，藏师北退，防其春间南窜，以三百人扼于水路，故如是云云也。又如汪克斋致乌尔珍书云："满地滋蔓，非铅刀能割；付之一炬，莫谓野火烧不尽也。君曷涂膏爇楷，以从我后。"按克斋于曹州征捻党，愈扑愈多，乃诱入山谷，聚而歼之。尔珍在南路，约其用火夹攻。又如汪海溪致速惺初书云："纸鸢遇风，扶摇而上，罡风之至，飘飘欲坠。愿牵丝人一任推挽之力耳。"按海溪以同知署某守，忽为蜚言所中，将被劾矣，求援惺初，冀免吏议。惺初时客抚幕。又如陈容伯致竺仲平书云："北寒南暖，天实为之。顷已借得东风，不使久沦黍谷也。故人消息，报在春先。一笑。"仲平候缺久，嘱容伯吹嘘，故以此函答之。又如冯琢庵致许仲屏书云："造峰极巅，无端一蹶。幸骐骥足力，不与驽骀同折。然非公济以灵药，恐徒为凡马所笑耳。"按琢庵营业失利，尚思重整旗鼓，向仲屏措资接济也。

邮票异位者欠资侧贴者绝交

书成封固，往往用胶液或面浆，然昔人辄以白芨密封。白芨富于黏性，在胶液面浆之上。西人粘贴邮票，必在信封之右上角，若粘贴他处，则邮员认为欠资，照例惩罚。又邮票倒贴，即表示与通信人绝交，我国人致书域外，不可不注意之。

赵眠云百朋之锡

赵眠云集朋好致渠之札，装成一巨册，颜曰："百朋之锡。"眠云嗜书画，其中以书画家占十之六，小说同志占十之四。

（三十三）

时令之词料

书信有关于时令之词料，如元旦为"芬菶椒颂，色焕桃符"。花朝为"曲谱听鹂，会开扑蝶"。清明为"槐火茶清，杏村酒熟"。上巳为"歌徵曲水，赋献华林"。端午为"艳倾蒲酒，香挹兰汤"。天祝为"冰帘暑逭，雪馆凉招"。七夕为"檀板金樽，画屏银烛"。中秋为"铜琶铁板，玉宇琼楼"。重阳为"参军乌帽，处士白衣"。冬至为"节记垂帘，日符添线"。除夕为"镜听卜夜，帖写宜春"。有仿之为时令新词料者，如孔诞日为"祥徵麟绂，视纪凤图"。星期日为"复占七日，恒祝四星"。然今人作札，辄从简捷，时令词料，绝鲜用之者矣。

信封互易二函交错

予曾获一函，乃某友所邮寄，启读之则不解所谓，且非予之名款，与信封不符。予讶而退寄某友询问之，始知某友同时发二函，一寄予，一寄别一友人，信封互易，遂致两误耳。故我人同时发数函，临寄必须检点，稍一卤莽，闹成笑话，不可不慎也。

远邮用坚厚信封

投邮远处宜用坚厚信封，否则辗转传递，易于破损。最好信笺外裹薄油纸，以免经雨后字迹漫漶，不能辨认。

曼殊上人手书铜版插图邮片

包天笑前辈所辑之小说大观，其铜版插图中，有曼殊上人手书之一邮片，字迹清晰可辨，如云："无量春愁无量恨，一时都向指间鸣。我已袈裟全湿透，那堪重听割鸡筝。楼上玉笙，吹彻白露。泠飞珮玦，黛深含嚬。香残栖梦，子规啼月。扬州往事荒凉，有多少愁萦思结。燕语空梁，鸥盟寒渚，画阑飘雪。余尝作静女调筝图，为题二十八字，并录云林高士《柳梢青》一阕，以博百助眉史一粲。日来雪深风急，念诸故人，龙飘凤泊。衲本工愁，云胡不威，故重书之。奉寄天笑足下。雪蝶拜。"字迹似钢笔，殊草率，中有一倩影，为樱花女子妆，侧坐弄筝，貌绝娟美，即所谓百助女史也。但不知此片尚存天笑前辈处否，容见前辈时一叩询之。

红豆书屋书笺

予于某皋封处识惠而孚君，而孚清大经学家红豆先生惠砚溪周惕之后裔也。与友好通问，犹用特制之红豆书屋书笺，赋性风雅，可见一斑。

孙毓修寄内书

孙毓修《绿天清话》有寄内书一则云："前人有'当年见惯浑闲事，过后思量尽可怜'之句，非身遭难劫者，不能言之沉痛若此。予自未岁至于酉年，无岁不考，每接名接卷已，则就号卓铺设笔墨，烧烛写寄内之书，一时劳苦之状，忧乐之怀，无不曲意挥洒。旅游南北，亦未尝不就所遭逢，据船头马背写之，随付邮筒。盖吾既鲜兄弟，又少契友，所甘苦相喻，畅所欲言者，唯此闺中少妇而已。吾妻每得予书，视为至宝，一一藏之，闲中浏览，常至感泣。予诧其无端堕泪，则又微笑。徐曰，感君情重，不觉悲来耳。吾妻于文字虽不甚高，而寻常之书，尚能浏览，又善于模仿，故书函颇有可观。每为予言，他人所作行书，多不能辨，唯君书无不能读者，予谓此无他，只缘习见耳。"

陈其年上辟疆札

《清话》又有陈检讨逸简云："陈检讨其年，家承通德，少值党祸，发才覆额，即避居水绘园。辟疆视之，有如爱子，紫云捧砚，佳话流传。及潦倒名场，年逾强仕，始膺巍科，未伸怀抱，遽付修文。虽山鸟山花，前生有约，而公负公望，且复泫然。遗集凡有三刻，皆多遗漏，顷在他书见其选鸿博后上辟疆一札，感恩知己，声泪苍凉，百年之下，犹为雪涕，其集中竟未收入。此彭甘亭所以有检讨佳作，多在集外之慨也，今亟录之。""吴门一别，倏一年，别时艾叶成丛，今又榴花作缬矣。流光如驶，岁月不居，言之太息。想老伯比来起居，益加康胜为慰。崧自去夏入都，至今春始就御试。荷圣主殊恩，兴朝异数，擢官翰苑，列职史官。在草茅得此，已为不世之荣，但引分增惭，未知作何报称。兼之舆马廉从之费，四顾徬徨，不知所出。徒邀相如献赋之褒，不救方朔长饥之叹。未审知己，何以策我？至于纂修一事，尤非岁月可了。汗青头白，汗渺难期，正未卜告竣还乡，定于何日耳。昔游历历，旧事明明。水绘朝烟，钵池夜雨。都萦怀抱，难问音尘。属在深情，定于斯慨。老伯年来境遇，侄所稔知。每一念及，未尝不抚膺裂眦。但人世虚舟，物情飘瓦，庄生齐物之论，柱下守雌之风，谅高明自有旷怀，知无俟鄙言之赘耳。侄以麋鹿之性，甫入樊笼，不觉神魂错莫。俟诸冗稍闲，略有就绪，然后再觅绿鳞，细陈丹忱。此时则正在匆剧中，亟欲奉候，故一切未能觭缕也。至于十载心期，百年世谊，相知有素，密契逾恒。凡有可为效力者，决不敢负此初衷，有辜三生盟好，唯老伯鉴之。春间山涛兄计偕入都，意欲肃附寸函，恭申候问。不意山涛寓既绝远，及场后奉访，而山兄已行，至今抱恨。珸时，乞为道意，无誉，爰及《穀梁》，青茹，比况何似？辗轳予怀，如何可言，统希叱致，容迟日另图遍候。东皋游好，时切怀思，每过风月佳时，辄复并州入梦。虽阡陌都非，明从已换；而酒旗歌板，往事难忘；茗碗炉熏，前因斯在。纵使辽鹤难归，蜀鹃已化，犹当盼行云而结想，托流水以通辞。何况田光虽老，鲍叔犹存，访光禄之池台，问阮公之里巷。相遨片语，俟我三年，老伯其许之乎？并语诸同人可也。阮亭时时想念，嘱笔致意。北风有便，幸常惠德音，临楮驰恋。"辟疆壬戌中元，忏祀其年于定惠禅院，挽诗中有"天上还星宿，文坛失霸王。并州留十载，魂返莫他乡"之句，盖本书中语也。

（三十四）

他字于今尽作它

小翠女士有新游仙词云："历历雷声走钿车，天河一道玉绳斜。传来织女消魂信，他字于今尽作它。"调侃作新体书札者，绝趣。

文天祥落落白云间

文信国忠义千秋，昭著史册，不知其襟怀雅澹，饶有六朝烟水气也。如与缪知府书云："茅屋三间，在万山深处。借书沽酒外，一毫不为公私挠。独荫松百亩，日骑牛，扣角其间。天惠仁候，自此吏不打门，犬不夜吠，猴呼虎啸，各适其适，则某受赐多矣。"又答谢教授云："寒檐积雨，抖擞无惊。得书而读之，昏眼为拭。天祥落落白云间，一畴春绿，自饭吾犊；浮世荣辱，付之山外。褒惜所蒙，君言过矣。"

庆贺吊唁用色今昔不同

昔例，庆贺用红笺，吊唁用白纸蓝丝。今则白纸蓝丝，随意用之，不限于吊唁矣。他如白纸朱丝，白纸绿丝，更为寻常通用之品。

军机封极大

信封有极大者，称为军机封，盖前清官场所用。封纸甚厚，反面且加尖角形皮纸，取其严密也。今则无此例制矣。

稳斋藏乾嘉前笺纸数十种

我友稳斋，喜藏信笺，贴之于册，极古色古香之致。然乾嘉以上之笺纸，已难获致，共数十种，稳斋之力瘁可知。

肖像信笺

有以肖像铸为铜图，印之于信笺者，则通函不啻觌面，而于神交尤宜。但印铜图须用洋纸，玉板宣纸不易清晰耳。

尺牍充斥坊间

尺牍充斥坊间，各类皆备，欲标新立异，殊属难能。若人云亦云，徒拾牙慧，则又何必多此一举。曩有某书局约予编一新尺牍，予笑谢之，某书局以为予嫌稿润太菲，实则原因如上述，非计较稿润厚薄也。

陈去病藏顾亭林遗智栗手札

顾亭林真迹，不多见，陈去病藏亭林遗智栗手札，为之跋云："智栗，初未详其姓氏，第按书言，不佞以十一月二十六日入都，而次耕后此匝月始至，并欲于长安图一读书地，以不负其从学之意。窃计其人当与次耕有关系，而致札年岁，或可得而推矣。考《遂初堂集补遗》有《己酉冬自淮阴抵平原呈亭林先生六十韵诗》，而先生集中亦有《亡友潘节士之弟耒远来就学兼有投诗答之》二首，耒盖次耕名也。当是时，节士亡已七八年，耒且逾冠，以先生故，得缔婚山阳王氏。其妇翁起田名略，故与先生交莫逆，又由先生而重节士，由重节士而婿次耕，其仁而爱人，乐善不倦，固如亭林所云以朋友为天伦者也。惟次耕之婚，岁在丁未，而兹复入都相从者，良由其妻相继沦逝，违读书妇家之愿，故去山阳而就先生耳。且予揆此札自为慰唁而发，又以贤侄称，又勉其善事高堂，力学不倦，安分守拙，以保其家，以毋朽其先人。乌乎！自非肺腑骨肉之爱之深，岂至是哉。而舍起田父若子，与先生，又畴企及此，先生志起田墓，谓其死以里儿齮龁，而自憾勿能申大凌弱之日，然则征之其所为慰勉，要岂无因者耶！书又谓志铭谊不敢辞，草成另上。案先生是岁方罹山东之厄，对簿未遑，宁暇为疏泛谀墓，故舍起田外，无他只字矣。志言起田一子名宽，而虞书有宽而栗之文，智栗殆取兹义欤？"又去病之邑人沈廷镛，藏晓闇答潘稼堂小简，去病亦为之加跋，考证綦详也。

（三十五）

《六梅书屋尺牍》

《六梅书屋尺牍》，凌叔辰作，分上下两卷，上卷为《东篱集》，下卷为《薇垣集》，曩时申报馆曾仿聚珍版印行，今已绝版。

洪宪之嵩山四友

袁项城称帝，徐东海不愿臣事新朝，项城特令共赵尔巽、李经羲、张謇为嵩山四友，并赐启事小章一方，玉质螭纽，文曰某某启事。不论何事，均归随时修笺，钤章入告。是亦洪宪善于诈愚掌故也。

看云楼主藏手翰甚富

曹靖陶别署看云楼主，藏时贤手翰甚富。俞阶青因有诗寄之云："数行蛇蚓欹斜笔，莫厕琳琅席上珍。"

王湘绮评曾文正似张浚

王湘绮日记，述及曾文正公书，有云："夜看曾书札，于危苦时不废学，亦可取。而大要为谨守所误，使万民涂炭，犹自以心无愧，则儒者之罪也，似张浚矣。"

红顶官之笺红与银红

有嘲前清之红顶官，谓由私函请托而超升者曰"笺红"，行贿纳捐得擢拔者曰"银红"，然未免谑而虐矣。

陈邦怀系诗张南通遗札

陈邦怀，张南通之得意弟子也。南通逝世，陈检得南通遗札甚多，曾以六通赠梁寒操，而系一绝云："感恩知己两兼之，怆绝遗笺触手时；沟壑未填身未老，不将文字报公知。"盖南通勖陈不可为世俗所谓名士，徒作文字，不求经济之学，故诗末句云云。

清道人假道号以自娱

书家清道人，李姓，讳瑞清，别署梅庵，名为道人，实非黄冠羽客之流也。当时有涵光、寂和等，假托道友设立中国道教会名义，请道人担任发起人，并求捐助巨款者，道人作一谐札以答之："辱手教，公等不以瑞清为不肖，引为同道，并锡以道号，但有惶悚。瑞清尘俗人也，非欲求金丹，慕长生，思轻举也。辛亥国变，刀斧余生，伏处海滨，以求苟活。寒家三十余人，赖以为生，亡国罪人，不入地狱，便足为幸，尚何面目谈大道乐神仙乎。其云道人者，不过如明之大涤子，自称石涛和尚，假道号聊以自娱耳。以名瑞清，故自号清道人。公等欲立中国道教会，命瑞清为发起人，则非所愿也。瑞清自辛亥以来，陈死人也，不愿拙名复存于世界。至于捐资，义宜乐助。然瑞清虽出世，未能出家。太史公曰，老子无为自化，清静自正，此道家宗旨也，故道贵自卫，无事求助于世。况当此举世溷浊，豺狼遍地，诸会林立者，无非争权利耳。非但瑞清不肯为，更望诸道长勿以清静之身，而与此汶汶者浮沉也。"道人作书讫，交仆付邮，仆另钞副本寄去，而匿其原迹。及道人捐馆，以善价售与张大千之亡弟君绶。

苏曼殊遗札甚为娟秀

苏曼殊遗札，闻杨邠斋处藏二三十通，作蝇头小楷，甚为娟秀，惜不得一欣赏之。

冒鹤亭札清隽风趣

如皋冒鹤亭，作札极清隽风趣。曩寓广州，书致刘成禺云："无事即往永胜寺食粉果。小院新修，花木曲静，携书一卷，坐谈竟日。朱傅待遇甚殷，每念当年护法之恩不置。凤去楼空，梅花一树，补墙依旧，到眼怅然，即起一绝云：镜槛铜铺小院偏，杜兰香去已多年；填词剩得真梅妩，说着宁馨一怅然。梅妩二字，极得意，当知其妙。"

丁玲书饶有韵致

丁玲，女新作家也，顾偶作文言札，亦饶有韵致。如其致北平友人书云："日昨老母以孤儿近影见示，知其已能跨竹马，识方块字矣。回首前尘，真有恍如隔世之感。居此将半月，虽空气较旧寓为佳，终非我所宜。秋窗无俚，日唯读辛稼轩、陆放翁集自遣。入夜江潮澎湃，响若雷鸣，推窗览望，涤我积郁。"

四愿斋主辑自东方朔至张謇书百通

四愿斋主辑有《历代名人家书》一厚册，上自西汉东方朔等起，下迄民国张謇与子孝若书，都数百通，洋洋大观也。

吴愙斋以古籀文作书

潘文勤公最爱重吴愙斋书。吴致潘札皆用古籀文，不半年装成四巨册。一日潘谓吴曰："老弟以后作书望草率为之，否则我之装裱费不赀矣。"吴笑颔之。

袁抱存藏武侯逸札

常州顾某，曾于袁抱存处，见其所藏蜀相武侯尺牍真迹一通，字极秀逸，文字亦未载《武侯集》，顾乃录而存之云："亮昔耕隆中，早晚以琴书自乐，樵歌渔唱，以适我耳；奇花异鸟，以悦我目。饱食之余，时过陇上，与二三旧友，问药寻兰，将谓此生可以愉老。唯是时势倾颓，数复前定，一荷重任，不得息肩。足下虽已超乎局中，何时得共毕身外之务，复返茅庐。（下有缺文）而欲一思向日所乐，乌可得哉。悲夫！亮白。"真赝不易辨也。

邵元冲紫藤花下说销魂

邵元冲《曼殊遗载》一文中，有云："某君与其女友频通简札，情好甚殷，嗣乃乖睽。某君赋诗志感，有赢得销魂笺一束之句。它日余与曼殊夜游日比谷公园，澹月微云，风物静谧。小坐紫藤架下，说及某君事及其所咏，曼殊曰，吾侪可谓紫藤花下说销魂也。"

（三十六）

南宋僧道灿《无文印》尤为可诵

南宋高僧道灿，擅诗文，著《无文印》一书，凡二十卷。国无传本，扶桑人觅得印行。亡友胡寄尘甚爱读之。集中附有书简，尤为可诵，如《与澹翁王主簿》云："昔者大寇压境，忽焉相见，低徊草庐间，相依为命，三生之缘，非偶然者。江澄峰静，山林市朝，所向各不同。而心之所向，庐山虽高，不能限南北也。坚守山县于剧虏不到之地，强毅坚劲，有如山不动之力，是岂白面书生所能及。执我仇雠，宜位乎其上者，不能自已也。叔元兄归自九江，留三日，乃行。灯前夜语，相与绝叹高致，又甚惜令兄府教厌人间之太速也。某不到东林三十年，今主人者，盖浙中旧识。开春小出，或可与北麓寻僧虎溪，亦一快事。"又与云壑吴通判云："比扣寓邸，适落车马既出之后，亟其未归，不及候见，甚作恶也。山寒岁晚，霜老冰枯，痴坐附火，一脚不敢出户。今早四山雾合，顷之，阴云解驳，晴色满窗，与冰雪相激射，户庭几案清甚。他日而清诗忽来，置之几案，冰雪不敢清矣。谢家兄弟能吟者，灵运、惠连而已；山谷称少游昆季，亦不过二三人；而昆令季强，乃萃于一门，文章种性有如此者，奈之何不敬。一二日出城，面诵所以铭藏之意。"

胡寄尘跋《汪南溟尺牍》

《汪南溟尺牍》，予未之睹，于《南社集》中曾见亡友胡寄尘有《跋汪南溟尺牍》一文，述之甚详，爰录存之："曩于冷摊得《汪南溟尺牍》一帙，为东瀛木刻本，中土固未见是书。曩亦未闻南溟为何如人，顾其文甚佳，遂重刊行世，忽忽已三载。昨偶阅张心斋跋洪懥庵《歔问》，有及南溟事，始知南溟为黄岳间人，而其遗闻轶事，亦复可称。张跋云，王弇州先生来游黄山，时三吴两浙诸宾客，从游者百余人，大都各擅一技，世鲜有能敌之者，欲以傲于吾歙。邑中汪南溟先生闻其至，以黄山主人自任，僦名园数处，俾吴浙来者，各各散处其中。每一客必有一二主人为馆伴，主悉邑人，不外求而足。大约各称其技，以书家敌书家，以画家敌画家，以致琴弈篆刻，堪舆星相，投壶蹴鞠，剑槊歌吹之属，无一不备。与之谈，则酬酢纷纭，如黄河之水，注而不竭。与之角技，宾时或屈于主。弇州先生大称赏而去。前辈风流，正可想见。而在心斋当日，已有自明季日就凋敝，数年以来，生计益绌，欲求如曩昔盛时，可复得哉之语；又更数百年以至今日，则益不可及已。而南溟遗文，无人收拾，士子久未知是书，而反流传于扶桑三岛，不亦深可慨耶！世之读是书者，或未尽知南溟轶事，故举其言书于卷尾云。乙卯夏，安吴胡怀琛寄尘跋。"

客从远方来，遗我一书札

《古诗十九首》有云："客从远方来，遗我一书札。上言长相思，下言久离别。置书怀袖中，三岁字不灭；一心抱区区，惧君不识察。"天末怀人，盎然充溢，诵之增人朋侣之情。

胡石予寄家书诗

亡师胡石予先生有寄家书一诗云："倾雨春城夜，围愁独客身；生当多难日，老作去家人。学我先崇俭，诫儿勿患贫；一书无尽意，归梦北溪滨。"予检其遗稿，因录存之。

朱晦庵自称老子倚老自大

朱晦庵与黄直卿书，有称老拙老朽，而间自称老子，知倚老自大，不独今人为然也。

英人失情人之信为不祥

英人多迷信，遗失情人之信，为爱情决裂之朕兆。

谢冰心寄父书笔调新颖

女作家谢冰心有寄父亲书一通，长数千言。自述病中经过，至为详尽，且种种情景，以新颖之笔调出之，令人不厌反复玩诵也。

书札写景之最妙者

书札之写景，当以王摩诘《中山与裴秀才书》为最妙；次则陶弘景《答谢中书书》亦不弱，且殊简短，录之如下云："山川之美，古来共谈。高峰入云，清流见底。两岸石壁，五色交辉。青林翠竹，四时俱备。晓雾将歇，猿鸟乱鸣；夕日欲颓，沉鳞竞跃。实是欲界仙都。自康乐以来，未复有能与其奇者。"

《五杂俎》三则

《五杂俎》云："毛边之用，上自奏牍下至柬帖短札，遍于天下，稍湿即烂，稍藏即蠹，纸中第一劣品，而世用之不改者，光滑便于书也。"盖作札用毛边纸，明时已然。又云："唐萧炅不识字，尝以伏腊为伏猎。又一日张九龄送芋，刺称蹲鸱，萧以为鸱鸦，答云，捐芋拜嘉，唯蹲鸱未至耳。然仆家多怪，亦不愿见此恶鸟也。九龄得书大笑。"又云："汉光武一札十行，皆亲手细书。唐太宗尝手书敕以赐群臣。可见古人以手书为礼，即万乘犹然也。故刘裕不善作书，刘穆之劝其信笔作大字以掩拙，彼岂令掌记侍史哉。故王右军上孝武书，皆手笔精谨。至唐犹然，至有敕令自书谢状勿拘真行者。而诰敕王言，皆用名人代书，如颜平原、柳诚悬之类，传为世宝，良亦不虚。至宋而来，假手者多。迨夫今日，则胥史之迹，遍于天下。

而手书带行，反目为不敬，名分稍尊，即不敢用。其它借名赝作，十居其九，墨迹碑镌，概不足信，书家安得而不废哉。"

（三十七）

顿首拜手拜空首肃拜之称

书札之末，有顿首、拜手、拜、空首、肃拜之称。顿首者，以头顿地也。拜手者，交手上下低昂也。拜者，屈腰连身上下低昂也。空首者，首与手微屈也。肃拜者，屈身相让而肃进也，即今之拱揖也。拜有多仪，信然。

《六砚斋三笔》苏养直颜鲁公书

苏养直，名庠，隐居学道，往来句曲。东坡曾与通谱，呼为吾宗养直。李竹嫩曾睹其手柬三通，皆当时率意之笔，而点画异趣，有不可胜穷者。特倩友钩填入帖，而录其副于《六砚斋三笔》中，《三笔》载颜鲁公刘中使帖云："近闻刘中使至瀛洲，吴希光已降，足慰海隅之心耳。又闻磁州为卢子期所围，舍利将军擒获之，吁！足慰也。"行草大径寸，青笺，极豪纵天成之趣。集贤学士通议大夫张晏，敬书云："鲁公书存世，尝见李光颜太保帖，乞米帖，马病帖，顿首夫人帖，祭侄季明允南，母商氏赠告，昭甫告，并此八本。观于此书，端可为钩如屈金点如堕石。"

陆放翁石刻前辈法帖

《紫桃轩又缀》云："乾道间，陆放翁取家藏前辈笔札，以嘉州石刻之，置荔枝楼下，名宋法帖，想于入蜀时为之，惜乎不见一本。"

郑妥娘札妙具情致不亚马湘兰

世皆知马湘兰作札极隽，不知郑妥娘亦妙具情致，《亘史外篇》中，有郑妥娘与期莲生尺牍，录之于下。其一云："夜来何竟不来，孤枕梦魂，恍忽如面，遂不能睡。强起独坐，青灯细雨，风色萧萧。因自念我之所以得遇足下者，天也；我不意遽然失足下者，亦天也。得失既不在我，去就之权，必在足下矣。今夜之月，必胜三五，欲与足下清话，不识能如愿否！"其二云："乍闻分别，不由人肠断心碎，悲苦几绝。今欲以种种离怀相诉，奈一段苦心，非书写可尽，谅君必知。既知之，能不为英肠断哉。合村小毦香合一串，虽不足奇，乃英自小至今所爱，常不离身，故以赠君，为他日会合之兆，幸勿轻弃。"其三云："君归无以相赆，自裁半臂，护君晓寒，遂不觉天明矣。令董小持赠，愿勿弃人并弃衣，自忍冻归也。离愁如乱丝，容面时求解，长叹长叹！"其四云："英与足下，才结新盟，便当分别，好事多磨折耶？分手之日，实望寻一静处，与足下将种种情怀，种种嘱语，举杯细说。不意行至碧峰寺，见车马簇拥，意欲前进，恐伺察者知之，只得入寺。又遇他客先在，即苦不可言。候多时，足下至，共出玉鹅鬃衮相视，呜咽共话，未终又即促饮。与足下举杯时，英心魂和醉梦，霎时又促去，听去罢一声，如万针刺我五内。欲随不可，欲舍不能，此时此刻，寸寸柔肠，丝丝痛断。足下别后，又复还席共饮，唯英悲苦难言。见他人冷冷不着疼热的眼，只得以酒自遣，不觉大醉归家，成期儿事。事完，入房寂寂无声，凄凄尽是离况，即无情当此，能不泪流。思昨与足下促膝谈心，今忽东西相隔，此夜必难成寐，宁不思及我苦乎。即此夜思量光景，笔不能尽，况其他乎。念七日见雨不止，做一扫晴娘挂窗上，咒之曰，帚一举，扫尽满空烟雨，见太阳，封汝为扫晴娘。"按《亘史外篇》，明江进之作，一名《雪涛小书》，坊间所见者，不载妥娘尺牍，而《宇宙风》凡鱼君记录之。殆坊间所刊者为残帙，别有完本存世欤？

泥金喜信再拜尊长

徐懋学《说颐》载云："唐时新进士才及第，以泥金书帖子，附于家书中。至乡曲亲戚，例以声乐相庆，谓之喜信。"又云："宋晏元献与兄手帖云，殊再拜，庄客至，知大事礼毕云云，殊再拜十一哥十一嫂。富郑公与叔婶一帖，前后皆云弼再拜几叔几婶。再拜二字，宋时以施于尊长，不肯轻用。而今人或用此二字，则以为轻己，虽平交亦不敢，而况兄与叔乎。"

绿衣郎为兰之佳名

今人呼传书之邮役曰绿衣郎，实则绿衣郎乃兰之佳名也。赵诗庚《兰谱》云："灶山有十五萼，每生并蒂。花干最碧，叶绿而瘦，俗呼为绿衣郎。"

陈蝶野寄邮诗

陈蝶野有《书成欲寄邮使忽断》诗云："暂去原非别，书成欲与谁；临缄仍却寄，将发又重回。未许经时别，原为七日期；自来留箧底，秋思袭罗衣。"

晋宋不得辄行尺牍

"寸楮往来，始于崇祯年，以严禁请托，于投挟为便也。唐李涪云：今代尽敬之礼，必有短启，短疏出于晋宋兵革之代，时国禁书疏，非吊丧问疾，不得辄行尺牍，故羲之书首云死罪，是违制令故也。且启事论兵，皆短而缄之，贵易于隐藏。盖事出一时，沿易不改。观李氏此言，乃知其非盛世事也。"见张尔岐《蒿庵闲话》。

（三十八）

一事别为一幅自卢光启始

《能改斋漫录》云：唐卢光启策名后，扬历台省，受知于租庸张濬出征并汾。卢每致书疏，凡一事别为一幅，朝士至今效之。盖重叠别纸，自光启始也，见《北梦琐言》。乃知今人书，务为多幅，其来久矣。

双书品字封札子手简寸楮

《香祖笔记》云："宋士大夫，以四六笺启与简骈缄之，谓之双书。后益以单纸，直叙所请，谓之品字封。后又变而为札子，多至十幅。淳熙末，朝士以小纸高四五寸阔尺余相往来，谓之手简。予家所藏万历中先达名人与诸祖父书札，皆用朱丝栏大幅启，虽作家书亦然。五十年来，乃易为寸楮，日趋简便，而古意无复存矣。"

《藏弆集》辑明清人尺牍

《春在堂随笔》云："沈谷人庶常，以《藏弆集》见示，皆前明及国初人尺牍。"

晋宋法帖言简意尽

《砚北杂志》云："孔融遗张纮书曰，前劳手笔，多篆书。每举篇见字，欣然独笑，如复睹其人。乃至古人作书亦有用篆者。"又云："柳子厚言，仆早好观古书家，所蓄晋魏时尺牍甚具。又二十年来，遍观长安贵人好事者所蓄，殆无遗焉。以是善知书，虽未尝见名氏，望而识其时也。"又云："唐罗昭谏与陈正字帖，后有跋云，法帖率不过数行，而言简意尽，犹足见晋宋间人物风度。今罗长江书，才尔片纸，乃知风流逮唐末犹在也。近世往来尺牍，叠叠多幅；苟为不然，则曰简慢我，于是务作不情之语以为勤。至权贵记室之间，闻一函有累十纸，风俗颓坏至此，可太息也。"

家书署姓一则

《两般秋雨盦随笔》，有家书署姓一则云："山舟学士，尝见诸城刘文清相国与其父文正公家书，末署款云，男刘墉百拜。赵味辛司马曾见明王文成与父太宰公书，名上亦书姓，盖当时风尚使然，今若效之，便哗然矣。"

《毛西河尺牍手迹》传承

《毛西河尺牍手迹》一册，藏萧山王端履家。王又藏经术家南陔手札。载《重论文斋笔录》中。

拜避鳌拜中堂避宗棠

康熙初，鳌拜专权，朝臣献媚避其名，于是投书不用某某拜。或曰，鄂文端当国，以其父名拜，故书翰避免拜字，凡属吏上宪书，向用"恭维大人"四字。自庄滋圃相国有恭总督两江，僚属具禀，改为仰维，或作辰维。又定例称大学士曰中堂，今陕甘总督湘阴左公入相后，两省官吏，避宗棠二字之嫌名，皆称伯相，比公晋封二等侯，又称为侯相。

代巾帼写家书虐政也

钱唐梁应来随笔，有代写书一则云："代巾帼写家书，虐
政也。余幼时，曾为一亲串写寄夫书，口授云：孩儿们俱利
腮（犹言解事也）。新买小丫头，倒是个活脚蟾儿，作事且
是溜瞟（犹言快）。惟雇工某人系原来头（初到也），周身僵
爬儿风（左右不是也）。余曰可改窜乎？曰依我写，于是只
好连篇别字，信手涂抹。近阅吕君仁轩渠载二则，极相似，
录之以并作一笑。陈氏寓严州，诸子宦游未归，有族侄大琼
过之，婶令作寄子书，因口授云：孩儿要劣，奶子又阒阒霍
霍地，且买一柄小剪子来，要剪脚上骨出（上声）儿肛（音胖）
胝（音支）儿也。大琼不能下笔。又京师有营妇，其夫出戍，
以数十钱请一教学秀才，写书寄夫云：窟赖儿娘，传语窟赖
儿爷，窟赖儿自爷去后，直是忔（音忤）憎，每日恨（入声）
特特地笑，勃腾腾地跳，天色汪（去声）囊不要吃温吞蠖脱
底物事。秀才沉思久之，以钱还云，你且别倩人写去。盖二
字不肯写者，生恐落笔别字，不若余之无耻也。"

璧谢返璧归赵

今人于所馈遗，有不受者，书帖曰璧谢。盖本《左传》
晋公子重耳至曹，曹公不礼，僖负羁馈盘飧，其妻置璧焉，

公子受飨返璧。故书帖曰返璧或者新其词，曰完璧，曰归璧，甚至曰归赵，则用蔺相如事矣。夫秦恃强诈而取赵璧，相如以死争，怀璧归，此何等事，乃施于和好之交际，不亦悖哉。见《坚瓠九集》。

祝枝山解上大人丘乙己

小儿初习字，必令书上大人，丘乙己，化三千，七十士。尔小生，八九子，佳作仁，可知礼也。天下同然，不知何起。祝枝山《猥谈》云："此孔子上其父书也，上大人为一句，丘为一句，乃孔子名也。乙己化三千七十士尔为一句，乙一通，言一身所化士有如此。小生八九子佳为一句，盖八九乃七十二也，言三千中七十二人更佳。作仁可知礼也为一句，作犹为也，仁礼相为用，七十子善为仁，其于礼可知也。"亦见《坚瓠集》。但孔子为何作此晦涩语，枝山所解，未免迹近诙谐。

《有正味斋尺牍》流传未广

钱塘吴锡麒曾刊有《有正味斋尺牍》上下两卷，以流传未广，见者不多。

《学生便用尺牍》深入浅出

闽侯林万里，南社诗人也，曾著有《学生便用尺牍》《商业新尺牍》，深入显出，嘉惠后学，非浅鲜也。

寄衙门书须先查明来历

清同治间，苏垣信局有固封信一，投递县宪衙门，款署左良才，其中皆指斥官场事。县宪阅之，大怒，当通饬各州县，传谕信局，此后凡寄衙门书札，须先查明来历，方准投送。

（三十九）

唐蔚芝手翰绝少

太仓唐蔚芝，中岁病目，手翰绝少，得者珍逾球图。据予所知，常州崔云潜藏其甲午所上万言封事手迹，镇洋王慧言藏其手札若干通，此外不多见也。

上海邮局初建楹联

上海邮局初成立，传递书札，人咸便之。有某名士为撰一联云："梅寄一枝来，江南春早；月明千里共，海上潮生。"不能移之他处。

文安改敬颂为避李文忠公父名

昔李文忠公之父名文安，人致李函，往往于书末避用敬请文安，乃改为敬颂时祺等字样，盖知所忌讳也。

汪穰卿诋毁俞曲园

泉唐汪穰卿，极意诋毁俞曲园，谓其一二考证书略有可采，余皆无足取，诗文亦庸滥。至袖中书，皆刻贵人与彼手札，则此老心术之鄙陋，不啻掬而示诸人人矣。

《尺牍辞典》无不赅备

曩时吴东园、朱诗隐等，编成《尺牍辞典》正续编，举凡称谓、岁时、怀叙、馈遗、邀约、庆贺、慰唁、恳托、规戒，以及政学工商，尺牍上应用之词，无不赅备。盖东园与诗隐，固幕府良材，词林能手也。

钱虞山叹服柳夫人

相传钱虞山得柳夫人，为晚年最得意之事。有门生某自千里外奉书，附录古书中疑义若干条，请求指示。虞山逐条裁答，顷刻而就。惜惜盐一条，忽忘其所自出，将取书翻阅。柳夫人在侧笑曰，惜惜盐为古乐府名，艳歌之一种也，君胡竟不省忆耶？虞山掷笔叹服。

为友结婚征诗小启

予曩为某友结婚征诗，作一小启云："某月日，为某君与某女士结婚之期，爰发起征集同志诗，相与持赠。虽婚礼古云不贺，而征文今已盛行，酒绿灯红，暖房纷于连夕；衣香鬓影，坐筵例在三朝（袁随园有温州坐筵词）。催妆传锦绣之篇，蜜月订湖山之约。凡吾四方社友，讵当作壁上之观；为彼一对璧人，宜共赋房中之乐。庄谐勿拘一体，香艳不让六朝。缮写百笺，借才子画眉之笔；纷披五色，比佳人刺绣之丝。莫负妙题，纪念品珍同璧拱；共投佳作，印刷物旋见风行。"丁乐圆《菩萨蛮》回文有云："书寄待如何，何如待寄书。"有一往情深之致。

写信用纸用衬格诸事指南

吴兴费有容，对于书牍，颇有研究，曾著《写信指南》一书，初学者利便之。费谓骈体信宜用衬格，因骈体信均用于政界，或用于尊长，皆须恭楷，此一定式也。从前三十五行三红十行红禀，悉有衬格，抬写次序，不得违误，缮禀者咸习之。近用夹单，诸多简便，而抬头上下，每致参差，即直行到底，亦不以二十二字为准。其书法恶劣者，固为减色，即以欧苏颜柳为此，恐未能尽其所长。故工欲善事，必先利器，非有衬格，断难斠若画一。其衬格凡二十有二，平写二十格，上留两格，以备抬头。须先用墨圈标明，以符定式，庶几笔飞墨舞，气象一新。又骈体信宜用六行，夹单每页八行，两页十六行，由来旧矣。近以八行二字，为运动函托之词，故不用八行而用六行。用六行约有数利，骈体信无非颂祷，可少可多，六行较八行易撰，便一。骈体信必作恭楷，缮写者每嫌困难，六行则减去三分之一，便二。八行纸式，满幅皆字，未免稠密；六行左右上下，均有边围，字在格中，雅洁有致，便三。苟简固属不可，繁难亦徒自苦，酌中之道，六行其庶几乎。又散体信应用长笺，散体信多系叙事，每有长至数百字及千余字者，普通信纸，每页八行，非十余页不能毕词，然封摺既厚而难寄，次序亦多而易乱，殊非计也。书法之佳者，后人或付诸装裱，短笺参错，似不雅观。肆中所售之如意笺，每页有三十二行，得意疾书，尽堪畅论，词毕则裁去纸尾，不足则再益其一，较短笺便利不少。近有某国人通行之卷纸，幅长质薄，缀以花纹，以之作书，亦颇适用。若能略仿其状，易以国货，每行用暗格不用朱丝，则展观极雅，即装裱亦不为浆沈，大可一试之。

（四十）

包天笑辑《女子书翰文》

吴门包天笑前辈，曩辑《女子书翰文》二册，清言霏玉，悉合闺阃口吻，由天笑亲作行书，石印流传。

书尾用不宣语起于《文选》

《野客丛书》谓："《文选·杨修答临淄侯笺》末曰，造次不能宣备，书尾用不宣语起此。"

黄警顽致穷友书

我友黄警顽有交际博士之号，以世情日薄，友道无存，遂于民国二十三年三月三日，发起定是日为中国友朋节某届，且于报上揭刊致穷友书，恳挚之情，溢于言表。深惜当时未曾剪存，不能举其全文矣。

石予师复许原谷论画书

先师石予先生善画梅，予曾见其复许原谷论画书一通云："承殷勤下问，自顾惭惶，然不敢不以数十年来千虑之一得告。大抵干欲苍劲，枝欲挺秀，屈折条直，视予取势。花瓣宜圆整，花蕊宜疏爽，花萼宜浑厚。审势布局，有紧聚处，而后有放散处。阴阖阳开，自成法度。发枝宜长短参差，忌并头复犯。花蕊花萼，以及老干之苔斑，新枝之叶芽，皆宜焦墨，尤宜乘淡墨未干之顷，即行著笔，则融洽分明，有活色生香之致，此其大较也。至云奇正变化，则熟能生巧，不易言传，功候渐臻，灵机自启。仆四十几到吴门，任学校事，其时草桥中学学生甚多，索画必应，加以友人之辗转相托，中间又兼任三元坊师范学校课五年，学生持纸请画者益众，平均每年所画大小件，在五百帧以上。留苏廿余年，写万本梅花，以遣休沐之暇晷，又十九縢以诗句。盖平生不喜征逐，课余清兴，聊寄诸开卷弄翰，斗室中自不虑寥寂也。至于取法，除多看前人名作，领略癯仙风神外，凡触于目者，多有旁通曲畅之机。如枯树之苍凉，荒藤之延蔓；漏雨坏墙，溜痕纠结；笼窗明月，林影纵横。穿云流电，既屈曲刚劲之可惊；丽天明星，又疏密繁简之不一。随在观感，理皆可通。若夫根本所在，则多临篆隶，枝干自臻茂美；多读古书，气骨不同流俗。此禅家所谓上乘。仆虽能言之，亦不免有见到行不到之愧恶；足下年富力强，勉之可也。"按石予师不仅图梅，间画兰石，亦饶逸致，予获一帧，已付诸装池。

书后日期和泥金书帖

《侯鲭录》云："张文潜每见亲友书后无月日，便掷于地，更不复观。"又云："进士及第，以泥金书帖附家书中，报登科之喜。至文宗朝，遂寝此议。"

明人用圈点胡适用新式标点

徐仲可词人喜藏书札，其《闻见日抄》有云："明人评文，好用圈点，邝裒宸以此法用之于简札，与珂书朱墨烂然，远望之如算命者之所批命书也。胡适之提倡语体文字，笺启往还，必用新式标点。珂得其牍，辄藏弃之。"按仲可讳珂。

（四十一）

《云林湛园尺牍合刊》已绝版

昔国学昌明社刊行《云林湛园尺牍合刊》，盖元倪瓒、明程言所著也，今已绝版。

宋孙仲益《内简尺牍》

宋孙仲益尚书有《内简尺牍》十卷，其门人李祖尧编，予曾于某藏书家见之。

赐书遗书答书

君与臣谓赐书。朋友相与，属于平行，古谓之遗书，或曰诏书。复书一名答书。

徐光启草书真迹

陈筱石题《徐文定公光启纪念集》有句云："长留翰墨珍颠草，尚想丰裁托鸟吟。"注谓公所写家书草书真迹，今尚有存者。

坊间尺牍便利初学

坊间尺牍，便利初学，有一问一答者，有三问三答者，有四问四答者。甚至有一问五答者，可谓完备之至。

朱子简札亦学术之贡献

唐文治辑《朱子大义》，为谈性理之书。朱子之简札，汇为一卷，如答陈同甫、张敬夫、吕伯恭等，讨论理学，不厌求详，亦学术上之贡献也。

典衣购钱瘦铁山水帧

我友钱瘦铁曩在某处售画，有某爱好其作品，至典衣购其山水一帧，致书以质券示瘦铁，瘦铁感叹，遂以文字往来不绝。兹者瘦铁被囚异国，某当有所慰问矣。

《秋水轩尺牍》《雪鸿轩尺牍》

《秋水轩尺牍》，山阴许葭村著。注释有山阴娄氏，吴县管氏，然多谬误处，由宋晶如改正。《雪鸿轩尺牍》，会稽龚未斋著，计一百八十六篇。龚游幕数十年，名闻燕赵间。

《五百名家尺牍字帖临范》

我友平襟亚辑有《五百名家尺牍字帖临范》，上自晋谢安起，下至谭嗣同、吴大澂止，均属石印真迹，可作尺牍，兼可作字帖用也。

古人函札多列于文集

古人函札，以讨论学术，及谈政述道者居多，故大都列于文集中。及后以风雅游戏出之，毋关宏旨，聊资欣赏，于是别刊为尺牍。

南社名士先冯春航后柳亚子

冯春航已为红氍毹上过去人物，当其盛时，南社诸名士力捧之。马小进与柳亚子书，往往先及春航，然后始候亚子起居，尝谓春航天人，己与亚子人间世之人也。

纪晓岚能诗而不善书

纪晓岚能诗而不善书，《阅微草堂笔记》中曾自言之。纪又尝致友手札，谢人赠砚云："平生拙书似间乎，有负此砚。"纪因不善书，故罕作札，其手札真迹绝少，罕见。

《容斋随笔》三则

《容斋随笔》，有《书简循习》一则云："近代士人相丞，于尺书语言，浸涉奇狯，虽有贤识，不能自改。如小简问安，自言所在，必求新异之名。予守赣时，属县兴国宰诒书云，潋水有驱策，乞疏下。潋水者，彼邑一水耳，郡中未尝知此，不足以为工，当言下邑属邑足矣。为县丞者，无不采《蓝田壁记》语云，负丞某处！哦松无补，涉笔承乏，皆厌烂陈言，至称丞曰蓝田，殊为可笑。初赴州郡与人书，必言前政颓靡，仓库匮之，未知所以善后，沿习一律，正使真如所陈，读者亦不之信。予到当涂日，谢执政书云，郡虽小而事简，库钱仓粟，自可枝梧，得坐啸道院，诚为至幸。周益公答云，从前得外郡太守书，未有不以窘冗为词，独创见来缄如此，盖觉其与它异也。此两者皆狃熟成俗，故述以戒子弟辈。"又《蔡君谟帖语》一则云，"韩献肃公守成都时,蔡君谟与之书曰：'襄启，岁行甫新，鲁钝之资，日益衰老。虽勉就职务，其于精力，不堪劳苦。念君之生，相距旬日，如闻年来，补治有方，当愈强健，果如何哉。襄于京居，尚留少时，伫君还轸，伸眉一笑，倾怀之极。今因樊都官西行，奉书问动静，不一一。襄上子华端明阁下。'此帖语简而情厚，初无寒温之问，寝食之祝，讲德之佞也。今风俗日以媮薄，士大夫之猥浮者，于尺牍之间，益出新巧，习惯自然。虽有先达笃实之贤，亦不敢自拔以速嘲骂。每诒书多至十数纸，必系衔相与之际，悉忘其真，言语不情，诚意扫地。相呼不以字，而云某丈，僭紊官称，无复差等，观此其少愧乎？忆二纪之前，予在馆中，见曾监吉甫与人书，独不作札子，且以字呼同舍，同舍因相约云，曾公前辈可尊，是宜曰丈，余人自今各以字行，其过误者罚一直。行之几月，从官郎省，欣然皆欲一变。而有欲败此议者，载酒饮同舍乞仍旧，于是从约皆解，遂不可复革，可为一叹。"又《李卫公帖》一则云："李卫公在朱崖，表弟某侍郎遣人饷以衣物，公有书答谢之曰：天地穷人，物情所弃；虽有骨肉，亦无音书。平生旧知，无复吊问。阁老至仁念旧，再降专人，兼赐衣服器物茶药至多。开缄发纸，涕咽难胜。大海之中，无人拯恤；资储荡尽，家事一空，百口嗷然，往往绝食；块独穷悴，终日苦饥。唯垂没之年，须作馁而之鬼。十月未，伏枕七旬，药物陈裹，又无医人，委命信天，幸而自活。书后云闰十一月二十日，从表兄崖州司户参军同正李德裕状侍郎十九弟。按德裕以大中二年十月，自潮州司马贬崖州，所谓闰十一月正在三年，盖到崖才十余月尔，而穷困苟生已如是。《唐书》本传云，贬之明年卒，则是此书既发之后，旋踵下世也。当是时宰相皆其怨仇，故虽骨肉之亲，平生之旧，皆不敢复通音问；而某侍郎至于再遣专使，其为高义绝俗可知，惜乎姓名不可得而考耳。此帖藏禁中，后出付秘阁，今勒石于道山堂西。绍兴中，赵忠简公亦谪朱崖，士大夫畏秦氏如虎，无一人敢辄寄声。张渊道为广西帅，屡遣兵校持书及药石酒面为馈，公尝答书云，鼎之为己为人，一至于此。其述酸寒苦厄之状，略与卫公同。既而亦终于彼，手札今尚存于张氏。姚崇曾孙勖，与李公厚善，及李潜，逐摘索支党，无敢通劳问。既居海上，家无资，病无汤剂，勖数馈饷候问，不傅时为厚薄，某某侍郎之徒欤！"

毕倚虹乞贷手札付之一炬

小说家毕倚虹病中典质都尽，每向陈蝶野乞贷，手札盈
篋。倚虹殁后，不忍检点，付之一炬。蝶野因有诗云："一绨
宁遮范叔寒，每因持赠总汍澜；岂知一恸人琴绝，手札存留
不忍看。"

朱诗隐《情书规范》风行一时

钱唐硕儒朱诗隐，撰有《情书规范》，凡百余则。全书
文义一气贯注，恍如一小说情节。由李定夷详加注释，曩曾
风行一时。

陈简侯刻《写心集》《留青集》

明陈简侯，喜搜罗尺牍，刻为专书。凡有佳札，人辄寄
吴门宝翰楼，或武林文治堂，简侯分类以贮之，即坊间流行
之《写心集》是也。闻简侯尚有《留青集》，亦属尺牍，惜未见。

毛稚黄言短牍神境

毛稚黄之言曰："起非起，止非止，前无头，后无尾，是
短牍神境。"

宁太一书札风趣不减曼殊上人

烈士宁太一作书札，其风趣不减曼殊上人，予尝见其与

某君书一通云："接来讯，极喜欢也。来粤打破人家饭碗不少。暇则饮酒灌花，剥生荔枝吃，津津有味。亚子、楚伧、少屏，近况何似。五月当避暑避蚊避疫来海上，求清凉土，救苦救命。倘有好酒幸留一杯，好花幸分一枝，余生幸甚。"

夏时勿纵酒怒时勿作札

亡友蒋箸超有云："夏时勿纵酒，怒时勿作札；既可以保身，亦可以免尤。"洵至言也。

令蜜蜂传递消息

世间知传信鸽，不知尚有传信蜂，曾见震旦君记录云："近有某英人思到一法，能令蜜蜂传递消息，其教蜂之法，将蜂窝编以色旗，使之认熟，然后移旗他处试之。盖蜂最恋其王，王所在则群焉趋之，虽远弗失。久之教成一二十蜂，遇有军事，或须告急，先以照相器将字迹缩小，即以极轻薄极微小之纸，系于蜂腰，纵令飞去。虽数十里之外，必能寻旗而至其处。且为物甚微，日光中人不得见，即见亦不以为意也。"

龙华寄信至沪不应视为外埠

龙华为上海之镇，然寄信至沪，视为外埠。丁文江为淞沪商埠总办，力争之，于是始改为本埠纳资，书札往还，人咸称便。

（四十二）

王沂公晏元献王文康节俭用纸

《爱日斋丛抄》："王沂公以简纸数幅送人，皆他人书简后截下者。晏元献凡书简首尾空纸，皆手自剪熨，置几案以备用。王文康平生不以全幅纸作封皮。诸公皆身处贵盛，俭德若此，世俗费纸耆，无人语以前事。"

刘史亭仿元遗山作论人绝句

"龙山刘史亭，孤介工诗。尝仿元遗山论诗，作论人绝句，语多精确。其论罗研生中翰汝怀云：征文识字老弥精，朴学无华爱研生；五十年来名下士，绝无书札到公卿。"见《雨窗消意录》。

胡梅林荐记室匿毁字纸以避祸

《坚瓠秘集》载："胡梅林以总制开府于浙，有幕客谓胡公某受公惠久，无可报称。今严相国势且败，败则蔓延及其党，公必不免。今为公计，当以厚币，伴函荐其于彼为记室，彼必重用某。某暇时，凡公有片纸只字，必为公匿而焚之，严虽败，公无患矣。胡公然之，如其计行。及严败，胡公果无累云。"

皂隶不得书不敢回邑其令果健

顷阅《梦溪笔谈》，载："蒋堂侍郎为淮南转运使日，属县例致贺冬至书，皆投书即还。有一县令使人独不肯去，须责回书，左右谕之皆不听，以至呵逐亦不去，曰宁得罪，不得书不敢回邑。时苏子美在坐，颇骇怪曰，皂隶如此野狠，其令可知。蒋曰不然，审必健者，能使人不敢慢其命令如此，乃为一简答之方去。子美归吴中月余，得蒋书曰，县令果健者，遂为之延誉，后卒为名臣。或云，乃天章阁待制杜杞也。"

左文襄自比老亮

左文襄自比诸葛亮，致亲友，辄自署老亮。

袁忠节公手札备受推崇

顷见某书馆出版之《袁忠节公爽秋手札》，凡上下二集，石印绝精，盖其哲嗣荣搜集藏者也。有康南海、吴钝斋、罗振玉等跋语，推崇备至。

简编牍笺释义

《苏氏演义》载："《急就篇》曰，以竹为书笺，谓之简。《释名》云，简者编也，可编录记事而已。又曰，简者略也，言竹牒之单者，将以简略其事，盖平板之类耳。牍者读也，以尺二尺之木为之。牍又独也，言单独而用也，即可书而读诵，又执以见于尊者，形类今之笏，但不剡其角。荀悦《汉纪》云，武帝与单于书以尺一牍，辞曰，皇帝敬问单于。单于报以尺二牍，印封皆大字，辞曰，天地所生，日月所置，匈奴大单于敬问汉皇帝是也。笺者编也，古者书纪其事，以竹木编次而为之，与笺同义。古文或从前下作木，又曰荐也，谓书其事，皆可荐进于尊者，南朝上太子以笺。"

廉南湖遗札洵为精品

顷获廉南湖遗札二通，无锡丁仲祜先生见赠者也。一通甚长，一通则短隽可喜。录之如下："令兄及可桴先生前，敬乞代道相忆也。一息尚存，《聱龛集》必设法印行，全稿已寄可桴先生审定，此在乡先哲中可谓空前绝后者矣。今日又中秋矣！国难临头，我生靡乐，酷当奈何。不佞自去年患膀胱癌后，精神越渫，百病咸生，早晚或当离此，于空山无人之境，了此幻身，姓名且畏人知。留春先生所属，竟无以报命，敬乞致意勿怪为幸。闻道未能，夕死则不可知，唯对于我公及同乡诸君救急如焚之高义，至今尚不知所报，愧死愧死。劣吟不置一笑，有田不归，空指江山梦还，将成谶矣。愿眠食自爱，以慰遐想。弟廉泉再拜。"作蝇头小楷，且钤南湖小印，洵精品也。

舒新城书信体游记二种

舒新城有书信体之游记二种，一《故乡》，共分三编，曰《归程杂拾》《故乡琐记》《资湘漫录》；一《蜀游心影》，亦分三编，曰《宁渝途中》《渝蓉纪程》《锦城杂拾》。

书牍内外各有四忌

政和哲庐论书牍，谓："书牍之忌有四，一曰浮躁，牍以代言，必求婉转从容以达其意，虽于驳议之间，断不可使其凌厉无前之气。二曰鄙琐，不抗不卑，斯为正轨，若夫谦过其当，则适足以代表其人品之卑。三曰牢骚，吐言牢骚，适足以见其度量之不广，于书牍尤所切忌。至友之前，或不妨一罄郁结，如太史公《报任少卿书》，李陵《答苏武书》，尚不为病；然非如马迁少卿之交，苏李之挚，而遇人辄鸣其不平，是乌乎可。四曰傲慢，傲慢者，含邈视他人之意，与鄙琐相反，而其病正相同。以上四忌，病之隐于内者也。而疾之现于外者，其忌亦四，一忌滞晦，书牍以达意为至，一涉滞晦，则阅者生倦，而己意终不能达，则书牍之效力全失矣。二忌冗泛，枝词蔓语，累牍连篇，一究其效，都归乌有，则又何足贵哉。要言不烦，是为至诀，寸铁杀人，岂必在长矛大战乎。三忌紊乱，一书所叙，不有主意，主意未明，而参入他事，喧宾夺主，病莫甚焉。振衣而不挈其领，理丝而不得其端，此由理不明之故，而其结果，乃使书牍减其效力。四忌草率，冗泛之病易去，草率之病难除；枝蔓固病其芜杂，草率必失之脱漏；简而能达，此至要也。"均中肯之谈。

（四十三）

宋遗民结月泉吟社征诗颁奖

宋遗民吴渭、方韶卿、谢皋羽、吴思齐，于国破家亡之后，结月泉吟社，借吟咏以寄其故国之思。出题征诗，应者例有奖品，致奖附一书札，获奖者亦修书答谢。如某次诗题"春日田园杂兴"，罗公福为冠军，得奖公服罗一缣七丈，笔五帖，墨五笏。罗书云："读渊明诗，久识田园之趣；从夫子学，愿为农圃之民。未敢望其下风，胡遽延之上座。执事雅怀月霁，清思泉寒；抚景兴思，慨唐科之不复；以诗为试，觊同雅之可追。窃思扶植之盛心，正欲主维乎公是。某羡珠玉之在侧，忝糠秕之播前。旧拟秋声，曾占桐江之风景；今题春日，又分婺女之星辉。岂好为朱公之变姓易名，深恐陷柳子之召闹取怒。惭非重宝，俾获与锦囊之荣；赐侈香罗，复唤起青衫之梦。受丝毫而皆感，与笔墨以忘言。谨述谢私，伏祈鉴在。"故胡怀琛撰《月泉吟社及其他》一文载之甚详尽也。

姚石子集师友尺牍序

我友姚君石子喜搜集手札，所藏綦富，有手集师友尺牍序云："光少鲜兄弟，顾影自怜。独抱四海苍茫之感，窃谓惟朋友足以补兄弟之憾。故年来入结客场，每得一友，必为欣快。维一室独坐，而四方不乏同志之友。能文之士，亦不以光为不才，而多下交焉。凡得师友手笺，如奉拱璧，世袭珍藏，盈箧片片。计自丱角，以至于今，无一失者也。每丁风雨连绵，独居寡欢之时，辄出而展玩，恍惚晤言，良足慰我无聊矣。行将择其有关系者，装成卷册，以垂永远，借志知己之感云耳。"光，石子名也。

天虚我生纪念封

蒙陈小翠女士以中国女子书画会柬帖见贻，其封乃天虚我生纪念信封也，粘有天虚我生纪念像一小方，状类邮票，其下则黑纸白文西湖伊兰所书之《天虚我生传》也。其文云："生为月湖公第三子，钱塘优附贡生，两荐不第，而科举废，遂以劳工终其身。夙擅诗文词曲，而不自矜。生平但以正心诚意，必忠必信为天职。凡事与物莫不欲穷其理，以尽其知。故多艺，然不为世用，因自号曰天虚我生。所著书署名曰栩，字曰蝶仙。姓陈氏，相传为舜裔，故能敝屣功名，一家兴让，殆亦遗传性欤！娶于朱，有子二人，长曰蘧，字小蝶，次曰次蝶，女子子曰璙，时人誉之者辄比为眉山苏氏云。"亦信封之别开生面者。

简淡高素最上品

海昌许梿评陶弘景《答谢中书书》一书，谓："演迤淡沲，萧然尘壒之外，得此一书，何谓白云不堪持赠。"陶书云："山川之美，古来共谈。高峰入云，清流见底。两岸石壁，五色交辉。青林翠竹，四时俱备。晓雾将歇，猿鸟乱鸣；夕日欲颓，沉鳞竞跃。实是欲界之仙都。自康乐以来，未复有能与其奇者。"叶楚伧亦谓："简淡高素，绝去饾饤难涩之习，诚书札中之最上品也。"

[原载《自修》101 期（1940 年 2 月）

至 144 期（1940 年 12 月）]

淞云小语

夕照黄海棠红

闻扶桑有纸一种，为书家临池之需，名曰夕照黄，盖蜜色殊古雅者。又浅绛之布可充窗帘者,曰海棠红,皆极饶韵致。

购书沽酒

购书沽酒，蓄石买花，人认为不急之需，予却以为当然之费；于是寅吃卯粮，左支右绌，阮囊永无充裕时矣。

谁杀麋鹿

小儿子鹤诵《孟子》至齐宣王之囿，杀其麋鹿者如杀人之罪一章。因问宣王之囿，既不若文王之囿之与民同乐，其门禁森严可知，则谁得而杀其麋鹿？予瞠目无以对。

借脂粉之气

予非登徒子，而暑日乘电车，辄喜与摩登女郎，比肩坐定，盖借脂粉之气，用以解秽，是亦卫生之道也。

乐之短长

乐中求乐，其乐殊短；苦中求乐，其乐弥长。

康长素谈风水

堪舆家谈风水，通人无不以迷信鄙之。闻康长素生前极喜谈风水，殊出意外。

不善会计

予不善会计之术，购物任铺伙算之，不自复核，因此并家中零用帐而缠不清。荆人笑诋，不之顾也。犹忆予幼时读书草桥学舍，每逢数学课，为之疾首蹙额，甚至是日有数学两课，必托故请假。途遇数学教师，往往惕悚无已。今日思之，不觉失笑！

多添数斛愁

有询予年来况状者，予曰：一无可述，唯多添数斛愁与几茎白发耳。

诗里落花生

白华为予书纪念册，录其旧作云："冷摊斜日倦还人，数页青编眼暂明；覆瓿烧薪常事耳，中郎诗里落花生。"可谓慨乎言之。

邹梦禅绘竹

予只知邹子梦禅工八法，不知其兼擅绘事也。顷为予写竹，洒然有清致，而不拘拘于攒三聚五，纯乎文人之笔。题云："棱棱傲骨，百折不挠。"作小篆文，亦殊遒逸可喜。

晋代之封江

每逢战事，辄封锁舰只，以制敌死命，实则此法在我国固已行之悠久矣。昔晋武帝咸宁五年，帝大举伐吴，遣龙骧将军王濬等下巴蜀。吴人于江碛要害之区，并以铁锁横截之；又作铁椎长丈余，暗置江中，以逆拒舟舰。刘梦得《西塞山怀古》："千寻铁锁沉江底，一片降幡出石头。"即咏此也。

林上听雨

予最喜林上听雨，此时只闻淅沥声，不复有喧嚣，亦不复有谯谛，令人自得其趣。坡老诗云："洗足关门听雨眠。"姜白石诗云："人生难得秋前雨，乞我虚堂自在眠。"二子洵予之同志哉！

林氏之英语

人皆知琴南翁不谙英语，所译大率出于魏易口述，实则新会梁任公所译域外文字，亦什九其门下士罗昌口述之，远不及曼殊上人之能直接移译，惜乎上人之不永其年耳。

撕日历之心情

壁间日历，予辄于每晚临睡前预撕之，将撕未撕之顷，乃自计今日服务之成绩，为人为己料理之事凡若干。成绩而善，料理而妥，深觉不负此一日，日历毅然撕去，了不介意；若今日一无所事，消磨过去，则此一页日历，撕之良觉不忍，而缩手，而自谴，即睡亦不能安然入梦矣。

我负人者多

宁人负我，毋我负人，此予所抱唯一宗旨也；但积岁积事以自检，总觉人负我者少，我负人者多，不觉愧汗涔涔，深咎德之未修，学之未善也。

名扇证身份

昔人出门，深恐人欺，乃备一纸扇，一书一画，均出当代名公手笔，所以示己之为士大夫者流，不容人之轻视也；至为拂暑之需，尚其余事耳。故昔人之扇，其功用直可抵今之一纸身份证。

无车无鱼

电车驶行，拥挤不能上，于是出无车矣；小小一鲫，动辄一二百金，于是食无鱼矣；薪给菱菱，不克温饱，于是无以为家矣；乌呼！世何冯驩之多耶？

铁蜻蜓

飞机，世人以铁鸟称之，实则飞机不类鸟而类蜻蜓，与其称之为铁鸟，不如称之为铁蜻蜓。

腐儒印

偶见高吹万丈旧时诗札，钤一印曰"腐儒"。吹万丈与钱名山丈、胡石予先师，有江南三大儒之目，然则儒固有之，腐则未也。前辈谦抑，可见一斑。

砚匣

予初以为砚匣当以紫檀、花梨等木为之，则自饶古泽；不意顷阅《砚林拾遗》，谓紫檀、花梨之类香燥不养砚，反不若退光漆木匣为佳。

居不可无

食可无粱肉，衣可无文绣，居不可无书画花鸟，以及盎鱼供石，盖其受用处胜于一切也。

毁誉

无真见卓识，固不足以毁人，亦不足以誉人。而世之妄人，随意毁誉，毁其所毁，非当毁也；誉其所誉，非当誉也，无怪其不作重轻矣。

恶笔恶墨

予之简牍，最怕人留存，盖恶笔恶墨，墨楮又复恶札，无一不恶，徒增人恶感耳。

颜书逸韵不足

陈良甫著《寒山帚谈》，评颜真卿书"骨力有余，逸韵不足"。鲁公书法，卓绝千古，而尚有不惬人意处，甚矣艺事之难也。

唐诗不求工而工

或谓唐人诗不求工而工，宋人诗求工而工，元明人诗求工而不工。予为之首肯。

自制臂阁

欲获一佳臂阁，不易求。因忆幼时读书草桥校，于手工课自制竹臂阁。制成，以木贼草细加磋磨，于是光致似女儿肤，乃以淡硝酸和墨请教师某先生书"梅雪争春未肯降"一绝于其上。某先生固书法家，作行书极秀润，熏于酒精灯上，既干，以抹布拭去墨迹，则竹上所留者，殷然作朱文，盖硝酸所蚀之痕也。虽参用科学法，而观瞻却极古雅。由苏迁沪而失之，迄今犹萦系此物不置。

马珂亭胜颜子

金坚斋《竹人录》，记镌竹名家马珂亭："居城南，种竹莳花，灌园自给。今秋得疾，逋积如山，斥产应之。与妻居败屋中，风日不蔽。余往问其疾，日已晡，突不得烟。伊妻见客，潸然泪下。珂亭手执寒花一枝，且嗅且看，嬉嬉自若。"予觉此人之安贫乐道，犹胜箪食瓢饮之颜子一筹，窃为之钦敬无已。

花香其末

花之佳者在韵，清次之，艳又次之，香其末也。

亲睹炸弹堕地

有自战地逃来者，谓亲睹炸弹堕地，被炸者断肢残骸，陈列于地，已经若干分钟，肢骸之肌肉，犹跃跃而动，闻之不寒而栗！

南人失之柔北人失之亢

予谓南人失之柔，不可不睹黄河之奔流；北人失之亢，不可不见吴山之秀媚。

人淡如菊

予尝倩亡友蔡观邕治一印曰"人澹如菊"。盖予本姓鞠，出嗣外家因姓郑，菊、鞠古通，所以微寓意旨也。闻丁钝叟有"人澹如菊"印，边款累累，黄小松、陈鸿寿辈均获观之。深憾予生数十百年后，未能摩挲寓目耳。

一门善书

书家有所谓二王，盖王羲之与其子王献之也。实则羲之子善书者，不仅献之一人而已。如王玄之，羲之长子，善草书；次子王凝之，工草隶；凝之弟王徽之，字子猷，善正草书；徽之弟操之，字子重，善正行草书；徽之弟王涣之，善行草书。又羲之父王旷，官淮南太守，善行隶书；羲之妻郗氏，鉴之女也，甚工书；凝之妻谢道韫，善正行书，甚为舅氏所重。以一门善书者多，不能悉举，乃称其最著者耳。

宋五彩瓷

瓷器之五彩者始于明，清而大备。古瓷则皆纯白。顷阅某说部，记宋代事，有堂中供案，列五彩双凤穿花大瓷瓶，插玉兰数枝云云。实则有乖时代，操觚稍一疏忽，便易犯此病。

兰花可食

或谓兰花可用糖醋煎食，但予总觉太杀风景。

杜臻临《兰亭》

《兰亭》本綦多，但文字则一也。顷三定簃主见告，彼曾见八大山人所临《兰亭》，则字句歧易殊多，亦出右军手，令人不辨孰是孰非矣。奇哉！予近获杜臻所临《兰亭》亲笔，绝精妙，唯经虫蚀，重行装潢矣。按杜臻字肇余，一字遇徐，嘉兴人，顺治戊戌进士，官至礼部尚书，有《经纬堂集》。

春及堂诗

倪承宽号敬堂，乾隆甲戌探花，授编修，历官礼部侍郎，著有《春及堂诗集》。蒙敏庵君见贻敬堂手写诗笺，其诗云："沿篱豆老齐舒荳，贴水蘋多乱着花；也自能红复能白，一枝笑插帽檐斜。""点点渔灯集网师，半规织月又生时；河桥小市归舟晚，光景流连十绝诗。"诗隽而书法又复称之，佳品也。唯手头无《春及堂集》，不知以上二诗曾收入否？

茶余酒后宜画

昨晤沈子丞于双青楼，谈艺甚乐。子丞谓茶余宜画西子，酒后宜画钟馗，的是艺人口吻。

贺天健面目精神

尝闻诸贺天健，画不可无内容，山水内容，非翠峦秀壑而已也；花草内容，非琼苏瑶枝而已也；仕女内容，非长眉云鬓而已也。必参以一己之胸襟意趣，然后内容始实，非于此道三折肱者不能言。天健又谓临摹古人，自属必经之阶；既得其道，则不可不别辟蹊径，而有我之面目与精神在。否则古人遗粪，而我为粪蛆，乌乎可！然世之不为粪蛆者，能有几人？

醉月社谈达尔文

醉月社，蝴蝶会式之聚餐团体也。每人各携一肴去，并纳资百金为沽酒之需，于是有酒有肴，客满座，而复于月白风清之良夜举行之，兴趣殊浓也。席间陈葆藩谈人之始生问题，谓达尔文进化论，称人由猿猴进化而成，此说极有据。至于宗教家言，上帝奇妙，人由泥成，此说亦不可责以荒诞。盖人之食，由泥土中出，人之衣，非植棉麻不可，棉麻亦由泥生。至于住，必伐木以为屋，更无论矣。则人由泥成，此说亦极合理。但达尔文与宗教家所云，无非谓人之肉体耳。肉体譬诸机器，机器之原动力为电，肉体之有理智，始能应付万事。理智者何，曰灵而已也。然则人之灵由何为生，则始终一谜，达尔文与宗教家，均不能彻底推阐也。

《画梅辨难》

顷于冷摊，购得《画梅辨难》一书，与吾师石予先生所著《画梅赘语》，有各具机杼之妙。《辨难》颇多耐人玩索语，如云:"画梅时,勿存心于纸上之一树梅花,当存心于地上之一树梅花,由是而下笔,自然大处落墨矣。盖地上之梅花,有左右前后四面,纸则只有一平面,若存心成一纸上梅花,则先自以一平面存心,自然皆平面之文章矣。"又云:"冬梅,其花与枝,皆具一种寒峻之气,即前人诗所谓'梅花面目冷于冰'是也。春梅,则别有一种和蔼之气,即前人诗所谓'梅花微笑隔疏帘'是也。"又云:"暗香浮动,暗可画,而香不可画。然花之未开时,固无香气,盛开后,香气亦衰,其香唯在半开时为最盛。盖半开时花瓣花心,一一向上,唯向上则浮动,浮动则香盛。能于此中着笔,不画香而香自在,所谓烘云托月法也。"又云:"山梅野梅江梅,攀折人多,似应疏。官梅园梅,攀折人少,似应密。"是书为懒园居士语录,由张鼎等四人记述。亚光见告,彼与张鼎曾同事于杭,事变后,劳燕分飞,今不知寄迹何处矣?

新事旧句

尝见严几道以新战术而咏以旧句,如云:"入水狙攻号潜艇,凌云作斗有飞轺;壕长地脉应伤断,炮震山根合动摇。"不脱不黏,非能手不办。

水烟筒

吸烟始为旱烟,所以便行戍之解瘴气也。厥后失其本意,而为嗜好之品。且以旱烟之多火气也,乃代之以水烟筒。水烟筒大都以云白铜为之,亦有银质者;胡亚光画师见告,彼曾见人用竹制水烟筒,其形诡异,仅有之物也。

笠翁小青喜午睡

李笠翁喜午睡,谓:"午睡之乐,倍于黄昏。三时皆不宜,而独宜于长夏。非私之也,长夏之一日,可抵残冬之二日;长夏之一夜,不敌残冬之半夜。使止息于夜,而不息于昼,是以一分之逸,敌四分之劳,精力几何,其能堪此?况暑气铄金,当之未有不倦者;倦极而眠,犹饥之得食,渴之得饮。养生之计,未有善于此者。午餐之后,略逾寸晷,俟所食既消,而后徘徊近榻,又勿有心觅睡。觅睡得睡,其为睡也不甜,必先处于其事,事未毕而忽倦,睡乡之民,自来招我。桃源天台诸妙境,原非有意造之,皆莫知其然而然。"午睡之舒适有意,尽于数语中。吾友程小青,不论冬夏,每日饭后必小睡二十分钟,习以为常,否则精神不济,作事效率大减,故凡朋好飨之以午餐,不及晚餐之为得。盖饭后小睡,在人家总觉不便耳。某次外出,及午,就餐馆进食毕,觅午睡之地不可得,乃径至礼拜堂中,权以长凳为榻,偃息片刻,始觉筋骨弛然;因劝予亦作午睡,以节劳瘁。但予供职数处,时间不克支配,饭后虽极疲倦,欲睡而不得睡,于是深羡一枕黑甜,栩栩欲化之为天仙,非草草劳人所得而享受也。

养晦小识

鉴湖女侠手迹

鉴湖女侠手迹不多见，昔宁太一处有一扇，女侠录醉歌五律二首。太一因有"一首遗诗万般恨，秋风团扇忍重摩"之句。自太一成仁后，此扇不知流落何处矣。又吾友冯雪汀家有女侠手临《灵飞经》，钤有印章。女侠就义，恐被株连，付诸祖龙一炬，惜哉！

《碎琴楼》与《绿波传》

民初小说，以《碎琴楼》为最馨逸有致。或谓尚有《绿波传》，作者蔡达，亦不同凡响。但予未之睹，引为憾事。

贼秃杂橐梅花诗

或告寄禅上人为人通脱有风趣。某次驻锡杭州，携一巨袋，中置果饵，以及巾履书帙钱钞诸物。有所需，探索即得，有称之为乾坤袋者。寄禅曰："此真所谓杂橐也。贼秃而具杂橐，亦固其宜。"闻者无不噱。予极爱寄禅诗，绝无寻常僧人蔬笋气，且多涉及梅，如云："一幅梅花当酒钱。"又云：

"一肩明月伴梅花。"又云："梅花一树待君开。"又云："又欠梅花诗债回。"又云："一床风雪对梅花。"又云："一声玉笛落梅花。"又云："寒来骨欲变梅花。"又云："月借梅花瘦影来。"又云："半窗风雪半窗梅。"又云："绿梅花下独行吟。"又云："梅花淡月欲魂消。"又云："两岸梅花朴棹香。"又云："魂在梅花香雪中。"又云："前生多半是梅花。"又云："冷嚼梅花漱齿香。"又云："赢得梅花香满衣。"又云："梅花夹道淡生香。"又云："野馆梅花别有春。"则尤似与予有夙契也。

邹湛如诗

予掌教徐汇公学，同事邹君湛如工韵语，蒙见示其《初夏》诗云："墙阴又见蝶初飞，天气清和试袷衣；茶熟香温琴一曲，者番梅雨绿添肥。""未能高卧傲羲皇，幸有南薰到草堂。蜂已成房蚕上簇，压檐修竹四围桑。"邹君拟赠予一诗，乃日夕欣盼之。

林森同姓名

林森凡二人，一秋间逝世，一则为明清江人，善画，载《明画录》，将来续修同姓名辞典者，大可补入也。

何以至今心愈小

砚兄吴湖帆藏有张叔未行书联，其句云："何以至今心愈小，只缘已往事皆非。"盖用蘧伯玉五十知非之典实也。湖帆去年适届知命，悬之尤为允当。

煤字难入诗

煤字不雅驯，殊难入诗，然予见某先哲有句云："红螺杯小倾花露，紫玉池深贮麝煤"，则弥觉可喜，盖全在运用之巧妙也。

脚炉煨胡桃

曩岁在苏，物值殊低，每届寒冬，荆人辄捣胡桃为泥，拌糖霜以进啖。胡桃壳留贮于他器，脚炉中炭结热力较弱，撮取胡桃壳少许伴煨之，通宵不熄。五更寒重，而衾褥如春，舒适无与伦比。自来海上，不复有此享受矣。顷展《樊山诗集》，有"瓶封杭菊经秋白，炉贮胡桃到晓红"句，情景逼真，令人如温旧梦，不觉玩索者久之。

粥叟饭翁

奉贤故诗人朱家骅，以嗜粥故，因以粥叟自号；予生平不喜进粥，虽呻吟床榻，犹复啖饭。因拟他日两鬓俱霜时，自号饭翁，以与粥叟为匹。但饭翁二字殊不及粥叟之雅韵耳。

娄江凿冰

《老残游记》载齐河县河冰阻船，榜人以木杵击冰，但随击随冻，无济于事；作者刘铁云以轻灵之笔，写凝沍凛冽之状，衬以冻云冷月，不胜凄然身世之感。因忆二十年前，予家吴门新桥巷，与王明经、严士比邻居，门临娄江，萧然有清致。其时予赋闲在家，读书述写之余，辄至门前小步疏散。隆冬之际，天奇寒，汤汤流水，结为玄冰，厚尺许，舟楫被封，不能往来。于是舟子以巨槌凿之，冲冲之声，不绝于耳，然亦随击随冻。越日，气候转暖，冰渐融化，舟楫始通。诵《老残游记》，不觉憧憬往事，历历如在目前；然年华老大，人事日非，不能不起今昔之感矣。

予悼蔡观邕绝句

予不擅韵语，且终日为衣食奔走，亦无暇以事尖叉。以此存稿独缺诗什，顷检敝箧，获乙丑岁为梨花里蔡观邕君悼亡作二绝句，录之于此云："蝉鬓燕钗何处去，人天消息总沈沈；残宵灯暗真凄绝，一卷清词带泪吟。"（夫人有《红榴阁诗》一卷。）"谁爇返魂西域香，那堪重检旧缥缃；檀奴信属多情种，酬汝珍珠泪几行。"（夫人芳名珍珠，故云。）君为神州酒帝顾悼秋词人之甥，文采风流，以所居地名官塘，有官塘才子之号。其夫人黄词传风姿娟然，柳亚子君称其俪侣一双，如兰苕翡翠，婉娈相依，所喻殊确当也。犹忆予赴梨花里贺殷鲁孟结襟之喜，蒙君设宴款洽，恨相见晚。及予返，又复亲送至轮埠，握手言别，有南浦销魂之慨。曾几何时，而君病困逝世，人生朝露，信然。君善篆刻，所拓印累累，下附悼秋词人亲笔题识，荷见示嘱刊某报者，今尚存在，乃黏留之，作为纪念品矣。

白扁豆食法

白扁豆煮熟，和糖啖之，味极清隽；又白扁豆红烧豚儿肉，蒙邻家见饷，腴美得未曾有，为之健饭。

名伎李珊珊

予曩曾记名伎李珊珊风流韵事，谓珊珊一名三三，仓山旧主赋为《三三词》六十章，刊之于《申报》。而某君竹枝词，更有"红运道台何足羡，风头怎及李珊珊"之句，盖其管领风花，势倾粉黛，虽轩冕之赫奕，无多让也。李君伯琦见之，遂见告李珊珊，为其先叔外室女，当民国十二三年时，笑舞台《李三三》一剧，颇多影射，实无此事也。然亦有因，盖其先叔季皋公有外遇，家人皆不知，不久即资遣之。是妇本有一女，非季皋出；民十二年，延律归毕振达，控为季皋女，被遗弃而索重金赡养，未之理，亦即了事。毕振达者，即故小说家几庵毕倚虹也。

钱湘灵批杜诗

杜诗最佳本，渔洋山人评注外，尚有钱批本，尤见真谛。钱名陆灿，字湘灵，别号铁牛老子，旧藏赵味辛家，卷端有赵印怀玉恭毅公玄孙朱印，后归畴隐居士。稍缓当请之于居士，俾得一扩眼界也。

顾绣与绣花坡

顾绣出于上海城南露香园顾氏，予曾有《露香园与顾氏》一文详记其事。或谓鹤塘镇东有绣花坡，顾绣实出于此。故词人黄梦畹有句云"怪底踏青鞋样巧，阿侬家住绣花坡"，则为歧说，容质诸同文之熟于掌故者，以决疑也。

李木公博收精鉴

合肥李木公以文学资望，名重海内。日前吾友周歧隐君于某报误传其被刺致死，木公之弟伯琦君乃以东坡海外之谣以更正之。伯琦知予搜罗名人手札，因以最近木公邮来之书翰为贶，益证被刺之说不确。唯木公自谓："老运多蹇，儿天折后，儿妇继以肺病逝世，次女复于今春二月病。迭遭此不幸，心绪极劣，精神愈益颓唐。而目光昏花，腰臂常作痠楚，食指筋节，亦苦牵痛，看书写字，皆甚费力。桑榆景迫，衰象日增，殊自慨也。"下署一松字，盖木公名国松，别字桦斋，少从马通伯游，探综经史，工古文辞。尝自题其文稿云：

"今日万端成一掷，剩留此物在心脾；要收众派归雄阔，更历层巅狎险巇。""便到古人复何益，倘从后世得相知；藏山覆瓿都迁计，取博回甘寸抱嬉。"亦可见其襟抱矣。藏书甚富，并多蓄古匋古玉，及商周彝器，古句兵泉币印鈢权量镜鉴之属，与六朝造像。博收精鉴，为时所推，海上古董商莫不知之也。

珠粉同蚌壳

世俗以珠粉有驻颜之功，价值乃绝昂，近且每两至二三千金；据丁仲祜丈言：珠粉之功用，与蚌壳磨粉同，蚌壳弃掷遍迤，随处可得，不费半文钱也。

古柏金枕葬具

袁项城死，伐太昊氏陵前千年柏，为附身之具；又闻吴三桂死，黄金为枕，以之入棺；是皆一时豪举，不足为训也。

刘宣阁书得蔡京神髓

刘宣阁君以《春灯词》负盛名，因有春灯词人之号。君并工书，谓宋之书家，辄称苏黄米蔡，蔡为蔡君谟，实则非也。蔡乃蔡京，京书绝佳胜，以人品而鄙其艺，遂不之道耳。君作蔡京书，火候功深，得其神髓，曾为予书一册子，予殊宝之。

穿钉鞋入睡

一昨于梅影书屋谈任立凡，因及世俗相传任穿钉鞋入被酣睡事，湖帆吴子谓为传说过甚之辞。以意度之，任染阿芙蓉癖，雨夜归来，以疲乏故，不及脱钉鞋，即横卧烟榻以解瘾。吞吐之余，而睡魔袭之，不觉矇眬，横掩以被，钉鞋之脚露于被外。传说云云，决非事实。予为之首肯。

负之训

叶蒲孙前辈精于《史记》，谓《信陵君传》自言罪过，以负于魏，无功于赵。负音佩，违也。鄙意负字作本音读，义亦可通，不必曲为之解也，未知前辈以为何如？

扩大透明纸

年事较高者，阅览书报，往往有感目力之不济，于是乞灵于瑷琭及显微镜。闻欧西有扩大透明纸，覆于书报上，字迹顿时清晰，较原来扩大十倍有余，且可卷舒任意，便利异常，亦文化上之新发明也。

昔人果品佐酒

今日饮酒，必择肴以进，肴必鱼肉，否则以苦酒目之。昔人饮酒，往往佐以果品，如戴复古夏日诗云："东园载酒西园醉，摘尽枇杷一树金。"则佐酒者枇杷耳。《世说》："戴仲若春日携双柑斗酒，人问何之？答曰：往听黄鹂声，此俗耳针砭，诗肠鼓吹。"则柑又为下酒品矣。苏长公《赤壁赋》："肴核既尽。"核者当属果品无疑，即稗史《三国演义》青梅煮酒，亦不尚荤腥也。

花生豆腐干同嚼有火腿味

圣叹氏谓落花生与豆腐干同嚼，有火腿滋味。予嗜落花生成癖，且剥且啖，佐以绿茶，觉风味胜于豆腐干多多。先大父锦庭公亦喜进落花生，以齿牙脱落，不能咀嚼，乃购一花生刨，刨之为末，和以白糖，厥味甘芳腴美。先大父爱予甚，必以分饷。幼时口福，迄今犹未能忘怀也。

《绮芬浪墨》

予于旧书铺购得民元时之笔记小说等书，皆钤有孙绮芬印，正深讶异。后高吹万丈见告，始知绮芬已下世，藏书俱散佚矣。若干年前，绮芬刊行《绮芬浪墨》一巨册，蒙见惠，展诵之。所谓浪墨者，悉为当代名人如康长素、章太炎、林畏庐、陈散原等题序，己作却不著一字，同文无不引为笑柄。毕几庵撰《黑暗上海》说部，乃撷之以为资料，而大肆讥讽焉。盖绮芬好虚名而疏于实学，后折节读书，为文乃楚楚可观，若天假之年，固亦有相当之造就也。某次，予困于二竖，绮芬知之，特来榻前殷勤慰问，盛意殊可感。今偶回忆，犹历历似在目前也。

朱应鹏《寿石图》

朱君应鹏曩著《国画》一书，列入《ABC丛书》中，予读而善之。君固擅六法，顷蒙绘石一小幅见贻，虽寥寥数笔，而自具丑皱漏瘦之致。昔梅花道人谓墨戏乃士大夫词翰之余，所以适一时之兴趣，朱君有焉。署名北海，题寿石二字，殊可喜也。

老子名字谥号之疑

名与字往往有连系意义，如孟轲字子舆，刘过字改之，陶潜字渊明。按老子，史册俱载其为姓李氏，名耳，字伯阳，谥曰聃。聃，耳漫无轮也，与耳字相连系。予因疑聃乃老子之字，一字伯阳，所谓谥者非。盖谥含有评议之意，决不与其人之名字有相互关系也。质之高明，以为然否？

绵渺小记

寻暗室听百步

闻潘琴轩中丞明于目，夜能于暗室寻书无误，洵异禀也。又我友张红禅，能于百步外，听手表走机声，数若干秒，其聪有如此。

书带草

药笼中物有麦门冬，不知即我家旧物书带草也。因忆曩时予刊《逸梅小品》一书，顾子佛影为题云："逸梅文，颇轻巧。小则小，未可少。僧鞋菊，书带草。"我吴顾氏怡园绕阶盈砌皆是草，叶较粗于石菖蒲，而蕃茂过之。惜寓庐湫隘，不能移栽，为可憾耳！

头白两周郎

周大烈诗人倩陈师曾治一印"头白周郎"，书札上常钤用之。梅泉周今觉，亦曾倩王福庵治此印，不谋而合，因此诗中有"头白两周郎"之句，洵属一段佳话。蒙万石居士以今觉尺牍见贶，述及此事，遂摘存之。

松花江白鱼

松花江白鱼，味绝清腴，林琴南啖而赞叹不置；有诗云："颇笑东坡知味鲜，松江鲈岂及松花。"顷有友人林凤梧自北方来，谓畏庐诗并非过誉。松花江白鱼，清炖之余，其嫩无比，佐酒下饭，莫不相宜，胜于松江四鳃鲈多多。则不但长公可笑，即感秋风起之张翰，亦徒见其不知味耳。

古墨名品

尝于钱须弥君处，见古墨数锭，黝然而饶泽采。或作正方形，或为团扇式，图文皆绝精巧。视其年代，则明天启，制者程君房。数百年前之物，且出名人之手，其珍贵自不待言。闻画家陈子清亦嗜墨成癖，积二十余年心血，蓄名人旧藏神品不少，如方于鲁之凤九雏，金冬心之五百斤油，汪心农之菊香膏，陈曼生之种榆仙馆，顺治年制寿山福海，凤毛麟角，皆为无双妙品。岁除以酒奠之，并写祭墨图志其盛。丁丑冬，避地西山，未遑携走，散失过半，现存不及十之二三矣。惜哉！子清字白斋，号辟支迦罗，为予曩时草桥学侣。

两鬓饱风霜

偶诵张鸣珂《寒松阁诗》云："东坡五十五，两鬓饱风霜。我今逾二稔，一发灿银光。"予年未届知命，而鬓发已苍，甚矣予之衰颓老瘁，有似望秋先零之蒲柳，不觉嗟伤者久之！

《秋水词》《烂柯山》

吾友陈君涵度之尊人玉笙处士，著有《秋水词》，风格在白石、稼轩之间，凡百余阕。涵度拟刊印之，以纸不易得，尚迟迟未果也。处士更著有《烂柯山》弹词，盖演衍《述异记》，晋王质入石室山采樵，观两童子对弈，局终，柯已烂而成之者也。予因怂恿涵度，亦刻以流传。

钟繇钟会

古之善书者，汉魏有钟张之绝，此孙过庭《书谱》之语也。钟谓钟繇，钟书有十二种，意外巧妙，绝伦多奇；不知钟会亦善书有父风，尤工隶书，逸致飘然，有凌云之意，不啻晋代之有二王也。

林琴南佚事

琴南翁佚事，朋侪记之者夥矣；然尚有漏遗足资谈助者。翁有侠义风，居京廿年，其贫不能归者，辄假资以济之，始但乡人，继则楚鄂川滇，靡所不有。于是翁乃大困。周松孙下世六年，停棺萧寺，翁为经纪其葬事，饬其子尔和送归，临奠怆然欲涕。某岁游雁宕，车过沧州，饥民七百余夹车而号，翁出其橐藏，属巡士散给之。其友张君聘久典其裘，翁怜其寒，斥二十金为赎，因有"我自与君同冷暖，赠袍宁为范雎寒"之句。翁体殊健，西医以听机按其五脏，乃问年龄，答以七十有一，医哂曰："早耳，子年殊未艾也。"然曾一度溲便忽闷，为状其殆，德医亟以钢管导之，溺出盈碗，所患与今之唐蔚老相同也。当时赵念持与其叔谦侄侍疾浃旬，翁既愈，作山水小幅以赠之。晚年绘兴殊浓，伯严七十寿，作《散原校书图》以寄祝。元夕，儿辈自制灯，翁为画灯作《苍霞旧隐图》。夏日斋居，绘十二图以遣兴，图各定名，曰：《水村烟雨》《书屋晚枫》《清溪闲眺》《桃村闲适》《危峰耸翠》《水上看云》《桐阴清课》《水榭吟秋》《松溪泛棹》《山亭晚霁》《红树停舟》《危峰积雪》。且系以诗焉，兹不知此十二图流落何处矣。又为刘健之写《蜀石经斋图》，为康南海画《万木草堂图》，北溟得金轮玉玺，为作《金轮精舍图》；又于一月中，写大屏巨幛四十余轴，出入山樵梅花道人间。倦枕成梦，均在苍岩翠壁之下。又画竹自题云："辇下貂蝉半苦饥，一逢朱邸即低眉。先生种竹年年活，仅有山厨得笋时。"又《晨起写雪图》，有诗云："十年卖画隐长安，一面时贤胆即寒。世界已无清白望，山人写雪自家看。"盖有感而发也。年七十，尝作《自寿诗》二十首，略述生平，谓近于搴帘自炫，乃屏去不录。翁之高标有如此，以视今之自我宣传者，相去不可以道里计矣。

仝羽春六朝春品茶

海上茗肆有"仝羽春"，取卢仝、陆羽意也。闻桃叶渡有六朝春，为品茶之所。抑何隽永，恨不能约二三素心人，话雨谈艺于其间也。

何之硕《御街行》

何之硕词人为予书册子，录其《御街行》词，谓作于庚辰暮春，曾为夏闰枝世丈所称许，以为步武南宋诸贤。其词云："东风欺梦吹红雨，梦逐轻寒去。江城五月已无花，官柳倦飘金缕。昼长庭院，阑干徒倚，目断斜阳树。伤春不识春归处，省否春无主？翠楼门巷雨丝丝，听取流莺残语。堕香幽径，暗尘芳榭，惆怅分携路。"钤一印曰"东阁梅花"，其先德清芬，令人企想不尽也。

修养至道

有人赵霭吴君，尝谓荀子有言："非我而当者，我师也；是我而当者，我友也；谄谀我者，我贼也。"此为修养至道，予服膺之不敢忘。

李伯琦工六法

顷读鹤柴翁《凤台山衿遗诗》，有李伯琦以所绘溪山烟树便面见贻赋谢云："冶父山光浸一湖，数丛烟树覆平芜；分明似我乡园景，却道闲临石谷图。"予与伯琦先生往还函札颇多，而晤叙之余，绝不知其工六法；予盲于目，往往知人不尽，固不仅于伯琦先生为然也。

酒丐邹翰飞

邹翰飞，别署酒丐，又号司香旧尉，为希社前辈，在沪西徐家汇掌学校教务有年。予曾承乏徐汇中学讲席，所用高中国文教本，即曩年翰飞所评选者也。翰飞殁世有年，遗一子，患精神病，常乞食负暄于校门左右，最近始悉已憔悴饥寒而死。一代才人，其后如此，能不令人扼腕哉！